Ça part en free-ride

Vincent Boucard

« Il faut travailler, sinon par goût, du moins par désespoir… »

Charles Baudelaire

« Il vient parfois une heure où trop philosopher demande l'action. »

Victor Hugo

Pow, swell, switch

Au lieu de commander, m'adressant spontanément au barman secouant la plénitude du bistrot, je questionnais mon tavernier sur le livre qu'il était en train de parcourir :
- Sans indiscrétion, qu'est-ce que tu es en train de lire ?
- Ça ? Difficile à dire… C'est une sorte de mémoires… c'est des histoires de free-ride.
Le serveur assis sur un tabouret de bar derrière son zinc, retourna le livre qu'il tenait, comme s'il ne se rappelait plus du titre. Comme deux clientes étaient arrivées en terrasse et commençaient à s'installer pendant que nous parlions, il ajouta en se levant, agacé :
- Tiens, je te le passe quelques secondes, si tu veux le découvrir par toi-même. J'enregistre la commande de mes deux gourgandines. SURTOUT, Ne perds pas la page !

Trop sympa. Sur le coin du comptoir, d'un geste précis, le barman me glissa l'ouvrage dont nous parlions. Le livre avait une couverture gaufrée et une illustration photo low-cost. Sans doute bourré de mythomanie. Il semblait promettre un zest d'adrénaline originale. Soupesant l'ouvrage, parcourant deux lignes, je trouvais sa lecture compréhensible, attrayante. Absorbé par ce cocktail littéraire nouveau, je surfais sur ces quelques lignes qui parlaient de « coup de pression en surf ». Ma soif de curiosité était ainsi captivée, conquise. J'étais ainsi, lecteur au Rencard, c'était le nom de l'établissement. L'officine était une vraie caverne d'Ali baba. Le bar était décorée d'une planche de surf magnifique, ornée méticuleusement d'une myriade de petits coquillages, alors que nous étions pourtant à des centaines de kilomètres de la prochaine plage. Il y avait aussi des skis, fièrement attachés en X ou encore une série de plateaux de skateboard, repeints magnifiquement d'une trame entrecoupée jaune, rouge et blanche, les couleurs de la Savoie. J'étais donc au Rencard, ce bar qui n'existe peut être plus dans cette vallée alpine Chamoniarde, où le secret de mon histoire s'égrène ici… J'avais reposé le livre, avant de révéler au barman :
- Ce livre a l'air aussi bon que la déco de votre bar me plaît…
Le barman acquiesça d'un signe de tête certain. Souriant, il répondit pendant qu'il tirait ces deux pressions ;
- C'est la suggestion d'une copine.
Rien ne manquait. Je commençai à me retrouver en ce

lieu ou la glisse siégeait en art de vivre tour à tour primitif puis sophistiqué, tour à tour cordiale puis dédaigneuse. Plutôt intimidé, voir apeuré par les objets accrochés au mur, je n'osais pas demander s'il s'agissait de trophées ou de reliques accidentelles. J'osai encore moins demander quoi que soit sur les prévisions météo, je serai vite fixé avec le bulletin de la maison des guides de Chamonix. Bien à l'aise, les coudes au comptoir, je cuvais probablement déjà ma prochaine gueule de bois. Vraiment zen, j'avais sereinement envie de rider, découvrir en moi ce que ces montagnes pouvaient révéler à mon âme.

Beach break

- C'est plat.
- Oui, ça va être fin...

Face à nous, l'océan et sa frontière liquide jetait çà et là des déferlantes éparses venues du nord-nord ouest. La lagune jouait à cache-cache et son chaos méthodique offrait lentement quelques droites gonflées par la houle approximative. Ruth avait déjà froid, pourtant elle tenait à surfer coûte que coûte. Perso, je savais qu'il allait s'agir d'une session de nage plutôt que du surf. Comme les écoles du même sport, nous allions pratiquer dans l'apprentissage. Nous avions marché presque deux kilomètres pour rejoindre le beach break le mieux tenu, les aboiements du sable faisaient grogner chaque pas de nos pieds nus vers l'intemporel. Une fois à l'eau, j'hésitai entre rejoindre les locaux sur le pic, ou rester dans la mousse avec Ruth. Seul vingt mètres séparait les deux zones, mais les parcourir avec une telle fréquence de déferlante prenait plus de quinze minutes, comptant les canards et les longues brasses allongé sur le surf. Même les locaux semblaient hésitez entre ennui, futilité, érudition stylée et technique pointue. Je voyais Ruth prendre une mousse, tirant droit vers la grève et lever les bras en signe de victoire. Elle avait raison, c'était réussi, même très modestement. Après avoir pris moi aussi quelques lignes, sans grand intérêt, je remontais la houle par le plage, à pied, pour contourner le pic et revenir derrière, à l'appel des reliefs échouant du large. Quelques mouettes criaient au dessus de moi, signifiant mon intrusion ou accueillant ma visite prémaritime. Les cinq ou six locaux étaient aussi en galère, et à part gagner un stand-up très exigeant parce qu'immédiatement déroulé à droite, restant à croupi sur les planches, nous savourions tout de même un bain de mer agité par intermittence. C'était des conditions parfaites pour s'entraîner, gagner en endurance. D'ailleurs, je ne respectais pas vraiment la priorité pour monter vers le pic, palmant en silence. Les creux d'un mètre à un mètre cinquante formaient rapidement une mousse quand la vague se brisait presque instantanément. En réalité, pour le routier terrestre que j'étais, ces conditions étaient parfaites pour passer le cap vers un surf plus gros. Ce qui apparaissait un incroyable bordel liquide était en fait une structure aléatoire super complexe et modélisable mathématiquement. Devant une telle beauté de la mécanique des fluides, j'admirais la science et son potentiel à me laisser foutre le bordel, faire le zouave

et revenir taquiner Ruth aux pieds gelés. Parce que la poésie de l'océan ne manque pas de sel, je trouvais un certain plaisir à briser le silence que ce geste d'un local m'avait imposé. Il avait passé sa main sur sa bouche devant moi, d'un geste explicite, pendant que je scrutais le large, j'ai eu envie de lui répondre :
- Eh, on n'est pas à l'église en train de prier, c'est une session de surf ou bien ?

So far away

Sortir de l'habitude, quitter la routine, oublier le quotidien pour se laver de toutes ces mornes médiocrités mécaniques qui jonchent les perpétuels recherches des uns et des autres, dans cette même ville, dans ce même quartier, de notre même génération. Se débarrasser des inévitables refus, se débarrasser des incontournables barrières. Déblayer le noyau familiale de ces caractères immuables, de ces relations sensibles toujours similaires. Rompre les attitudes fermées pour des motivations constamment les mêmes. Retrouver de la fraîcheur, de l'étonnement, de la nouveauté, une surprise, un horizon, une perspective positive, une ouverture rationnelle sur le monde, une proposition acceptable. Guérir de toutes les luttes muettes et intestines de nos gesticulations personnelles, effacer le sempiternelle rouage machinale d'un comportement prévisible, aboutir enfin à une lueur humaine, une sagesse vivante, un dialogue réel. Dépasser le stade du pouvoir d'achat, franchir le cap des potentiels trésoriers et vraiment incarner sa personnalité affranchie de mimétisme. Construire cette osmose entre l'action et la pensée, écrire encore que skater est juste l'audace et sa beauté. C'était mon intention en arrivant au café de Flore, métro Mabillon, Paris sixième, rêvant d'un instant suspendu hors du cauchemar ambiant. Souffler, respirer sur le boulevard St Germain, effleurer une légende, approcher le mythe. Retrouver un sentiment de sérénité cohérent entre quelques sessions de glisses et leur rédactions, humblement, simplement, vraiment. C'est ce que j'apportai à cet établissement comme tant de grands écrivains avaient apportés à mon identité. La terrasse, presque bondée à l'heure du thé, n'offrait que quelques places discrètes. Disponibles entre les rangs de clients serrés contre les tables rondes et les chaises d'une sorte de rotin, j'allai pouvoir m'installer. Envoûté par ce monde, l'escouade des serveurs m'accueillit solidement, à la mesure de la qualité du lieu. L'un d'eux me questionna sur mon envie, je lui dis souhaiter prendre un chocolat chaud, accompagné d'une unique pâtisserie. Il m'installa à une table ou deux sièges étaient vacants. J'avais un peu de chance, sans avoir eu à patienter debout. Entre l'entrée de la salle principale sur la devanture, derrière la terrasse donnant sur la rue, j'étais en train de m'attabler dans la verrière, entouré par le passage des serveurs et une table de deux jeunes septuagénaires parfaitement élégants, presque aristocratiques. Tout autour, une fois assis confortablement, je notai la présence d'une élite de personnages parfaitement habillés, eux aussi, tout droit sorti d'un film de Woody Allen, lingés, distingués par une classe véritable, mieux qu'une érudition, une sagesse assurée. Un cosmopolitisme également souriant, donnait à partager un lieu peuplé par des esprits d'horizons très différents. Ma chemise blanche mal repassée n'était pas à la hauteur. Mais, dénué d'une quelconque honte inappropriée, je sorti mon manuscrit « une glisse libre » et le posa sur ma table sans manquer aux mondanités. Sans rougir, sans faillir, ni fier, ni anxieux. J'étais là, savourant un chocolat hors du commun, accompagné d'un mille feuille d'une recette rare et délicieuse. J'avais presque l'impression d'une même dangerosité qu'avant de partir surfer, avant de partir skier, avant de partir skater. Dangerosité à l'idée d'amorcer une conversation, érudite, argumenté ou philosophé. Je touchai presque un moment de bonheur, évitant ici ou là, quelques obstacles convenu d'une lutte des classes survenue. Mes deux voisins, avec qui je n'avais échangé qu'un modeste, mais indispensable mot prévenant de salutation, réveillèrent ma plénitude brutalement. Détruisant mon romantisme d'un travers indélicat, anéantissant ma distanciation fougueuse de toute mes glisses les plus redondantes, ruinant la beauté d'un repos que j'essayai de préserver, loin, très très loin du monde des brutes et des putes, malheureusement j'entendi l'un dire à son ami, tel un chien se mettant à aboyer, au sujet d'une autre cliente :

- Dis donc, et celle là, t'as vu si elle est bien carrossée...

rules meaning

Je sors à peine de l'hôpital, et je repars déjà courber la route, fléchir le goudron, arrondir les lignes blanches du code. Simple constat : Seul chez papa et maman, j'ai terminé le dîner silencieux partagé avec ma mère. Mon père est seul en train d'accomplir son travail biquotidien d'éleveur laitier. Et j'ai rien à foutre, c'est ma honte, mon chômage, ma croix. Il ne me demande rien d'autre qu'être responsable, pourtant je pourrai l'aider, seulement, il refuse. Peu de temps avant que je n'empoigne ma planche multicolore, tendance bleue ciel marin, rien ne change. En plus, je n'ai personne à voir dans le patelin, un village où, sans prétention, j'ai une mauvaise réputation. Et cela importe peu, nous parlons tous le même langage, même si nos actes traduisent nos identités. Sereinement, je marche sur cette rue, portant ma planche. Tranchée entre ciel et terre, la route n'a pas bougé. Aucune force surhumaine n'est venue la modifier. Aucune érosion climatique ne l'a érodée. Avec sa logique administrative, prédation temporelle inéluctable des poids lourds et autres engins mécaniques, favoris des équipements de l'état, un dinosaure infrastructurel graisseux aurait pu anéantir son potentiel de glisse en sculptant quelques ralentisseurs sur cette pierre humaine. Mais elle est là... Lisse, fine, presque légère... Du skate, mes roulements micrométriques joignent une fiabilité rentable au potentiel de flexion des silent-blocs antagonistes de ma planche. Tandis que des roues, la gomme commence à chauffer sous l'effet d'une adhérence ou sa friction abrasive. Le ski attendra sa nonchalance neigeuse, tandis que l'océan s'étire sans doute au delà de centaines de kilomètres, ma seule alternative ; skater. La perfection surfacique de la route, sa platitude artificielle, rappelle inévitablement la grève de sable ou la neige vierge aplanie par le vent, la logique terrestre d'une imitation de la nature par l'homme. Je suis très reposé. Le séjour en hospitalisation m'a apaisé, apportant un repos profond pendant que je ne cessai de m'entraîner, même avec une attelle au poignet. Alors, pour éviter de me casser à nouveau quelque chose m'appartenant intimement, je m'emploie peu, flâne. L'important n'est pas le casque, c'est ce qu'on mets dedans. A la descente retour, j'adopte le dédain, la suffisance, la fausse négligence, fredonne le tempo comme une « love song » balade. Au passage du pont de grange, j'aperçois mon père, qui me harangue sur un prétexte incompréhensible, là ou nos laxismes respectifs nous séparent. Ma mère mate la télévision, « plus belle la vie » c'est sûrement grâce à un écran. Je me fais plaisir, la circulation est absente. Un indice tenace me laissait penser que la vérité était nécessaire. J'essaye de lui accorder ma sincérité, l'équilibre me porte à retrouver une sensation aussi jouissive qu'incomparable, et apporter à mes parents ma vérité n'est pas une chose facile, nos générations nous séparant, c'est un fait. Ils ne peuvent pas comprendre, et leur raison lourde de bon sens, étreint notre univers de leur expérience. Pas toujours facile à transmettre, je les comprend.

mindless chin

La pluie balayait le sol par vagues blanches éparses. Les voiles d'eau de l'averse épaisse, fouettaient le sol avec une ondulation sonore mélancolique. Sophie venait de partir, délaissant son orgueil égoïste sur ma peau, sa blondeur francique loin dans mon souvenir. Le contact de son dernier baiser contre mon cou tenu un laps de temps, puis elle m'abandonna, navrée de ne pas pouvoir comprendre cette attirance pour les pentes. Sa beauté ne dissipait pas mon désarroi, bien au contraire. Les passants cachés sous leurs parapluies fuyaient l'humidité, l'intempérie pénétrait la langueur de ma tristesse, inexorablement, occupant mes pensées. L'au revoir ressemblait à un peut-être. Je ressaisissais mon skate, pour marcher à l'abri, la moiteur de mes vêtements alourdis refroidissant mon corps, j'acceptai sa fuite. Moi, je n'avais plus qu'une église pour m'abriter, un lieu de culte. Mieux qu'un simple porche, l'endroit idéal pour me remémorer la fusion de nos êtres pendant l'acte procréatif. Poussant la porte d'une tonne massive, le bois séculaire brun ouvrait un espace de quiétude. Avec ma planche à la main, sous les hospices religieux, je longeais les bancs, mes chaussures dégoulinantes marquant le sol d'empreintes nébuleuses. Trop vite, les ornements sacrés, oriflammes, peintures et représentation bibliques occultaient le souvenir immédiat de la dispute, de notre séparation. Le simple bonheur partagé d'avoir offert nos corps l'un à l'autre consolait ma solitude. La pénombre de la nef centrale, la scène hiérarchique des croyants matérialisait un silence minéral. Le son des pas sur les dalles, suintement plastique strident, rythmait les précautions respectueuses de mon attitude. Certain du sacrilège commis, skate en main, je choisi de rouler un joint : En priant pour ma planche, buvez en tous. Du lieu, j'acceptais là une bénédiction tacite de ma planche à rebelle, de ma clope spirituelle, d'une grandeur spectaculaire tournée vers le très haut, plus aucun bâtisseur d'église ne bosse de nos jours, je le regrette. Sophie ne voulait pas d'un mariage, et moi non plus. Seulement, on aurait pu vivre ensemble. Les américains m'avaient prévenu, effacer le meurtre des moeurs humaine est une mission conséquente. Je déposais ma planche de skate devant moi, coté peinture rupestre, grip contre sol. Ensuite, j'ai commencé par coller difficilement deux feuilles OCB car mes mains étaient encore moites. Concept simple, doctrine évidente, tu ne tuera point, tu ne fera pas à autrui ce que tu refuserai de trouver amusant à ton encontre. De cet union libre, nous avions grandi tous les deux, aux cours d'heures enfiévrées éprises de respect et d'esthétique. La réverbération de cette université ecclésiale calmait ma nervosité. Je n'avais plus rien à penser d'elle, car nous nous étions séparés. Mon skateboard est une arme à feu que je retourne contre moi, parfois le coup par seul. Seul nos bonheurs passés, et celui à venir existaient.

Real to reel

J'en avais vraiment marre de cette profusion de femmes sur le réseau de rencontre. Une perte de temps invraisemblable ou l'humanité était figée sur dossier. Application personnelle d'un célibat lourd, je choisi de faire *Neuss-rèsse* afin de retrouver un peu le moyen de respirer. Au passage de la cluse, les deux cols dominaient la route nationale où, pendant les intempéries, le ralentissement des véhicules trouvait un théâtre naturel grandiose offert aux conducteurs somnolants. J'avais le souvenir d'avoir vu un jour une trace de hors piste à cet endroit. Les risques d'avalanches étaient mesurés avec des précipitations moyenne, et, le run, la descente mesurait à peu près deux cent mêtres. Comme les remontées mécaniques étaient fermées, ou plutôt n'étaient pas encore ouvertes, c'était le meilleur choix pour signer mon désarroi multimédia sur cette page éphémère. « *Ne serait-ce* » avait été baptisé ainsi parce que cette interjection argumentait toujours au détriment de l'éloquence du même détail, comme un stress mal extériorisé. C'était la complainte et sa rengaine habituelle, exprimée en supplique, avec l'accent de la région. C'était plutôt une locution familière. Moi, sur le net, plutôt que passer en revue toutes ces femmes célibataires, j'aurai aimé au moins m'intéresser à l'une d'elle, passer quelques instant à ces cotés. Simplement la rencontrer, ce qui était déjà assez compliqué. Ce compte rendu de connexion trouvait ici le sens émotionnel de ma balade, quitter un tic de langage en partant skier. Je descendis ligne droite, salua au passage le chamois ligne gauche, et signa globalement d'une ligne courbe parabolique juste avant le gap de l'enrochement du bord de route. Me retournant, sous mes yeux, j'avais laissé là une ligne, à peine une trace entre le château de Joux et son vis-à-vis, un vrai passage en pleine nature. Le trop plein de neige ayant dessiné une coulée de poudreuse, formant des larmes sur la pente, mes traces de montée étaient cachées soigneusement sur le contrefort rocheux. C'était une ligne de séduction, sans autre relief, ne serait ce un décrochement de falaise. Juste une session de hors piste traduite en forme d'art contemporain libre, visible depuis la route. En face, le château surplombe la nationale d'environ 200 mètres. Et de l'autre coté, des aménagements servent au culte routier des voyageurs invisibles, agrémentés encore d'enrochement délimitant cet axe automobile. C'était un classique à tracer. Il y avait toujours quelqu'un de Pontarlier pour la rider cette pente, un bon free-ride, avec un point de vue sur le boulevard, grossièrement déneigé par les 19 tonnes à étrave de la direction départementale de l'équipement. Trop d'attente sur le serveur dédié aux rencontres, m'avait crée le besoin de quelque chose d'humain dans ma case célibataire. Parce qu'attester dans l'éphémère, stipule que l'hiver présent n'appartient qu'à ceux qui aiment la neige, où jouent avec elle. Ses températures de gel, sa vie, sa mort, sa présence immaculée... Il est cool ce chamois, je crois que c'est un mâle, à tout les coups, lui aussi, est en galère de meuf. Depuis la route nationale, au volant de sa voiture, ma compagne sera séduite. On ne distinguait plus qu'une ligne courbe laconique d'un fantomatique skateur, pressé de ne pas appartenir à aucun plan marketing, libre, solide et imaginaire, pressé de rentrer au service de remplacement de Montivernage, guettant les gentianes surnageant de l'épaisse couche de neige, mesurant les barrières barbelés cachés en hauteur piégeuse de congères soufflées. Ici, là, une voie toute tracée afin que ma virtuelle amie retrouve mon amitié, rêveuse à ma piste énigmatique.

Don't stop the party from traveling

Le carnet de route est en désordre, oui, parce que c'est le sous produit de la session de surf. Il s'agit d'un parcours étonnamment banal, voir chiant. Ce sera l'issue de ce qui arrive lorsque l'on étale des souvenirs à ces amis, compréhensifs et abandonnés dans l'imagination personnelle. Mais c'est vrai que traverser la France de part en part, l'espace d'une journée, quelques heures, recèle quelque chose de magique. En détail et par le menu, la banquette arrière de ma berline adoucira ces quelques mots d'une sieste impromptue. Départ vers 12h40, un stop vers 16h30 après Montluçon, toute les deux heures, la pause s'impose. J'enjolive à tord, face à la caserne de Gendarmerie. Puis, arrêt à Bellac. Grosse surprise, la nuit vient de tomber, une déviation me conduisit jusqu'à cette petite boulangerie, lovée d'un quartier de bourg agraire ultra français, banale et routinier. Franchissant son seuil, j'aperçois la boulangère en retenant la porte vitrée, presque euphorique d'être sur la direction Bordelaise de l'océan, je clame :
- Bonsoir, j'arrive juste !
- Oui, c'est la fin de journée, par contre, on a plus de pain.

La boulangère saluait des derniers client d'une

journée banale, lorsque mon pas, arrondi par le volant, m'étourdissait quelque peu devant ses panières emplies de miettes.
- euh, je regarde ce qu'il vous reste...

La vitrine est presque vide. Je vois des croissants, et logiquement la frangipane doit être encore moelleuse, je lui dis :
- Un croissant aux amendes, s'il vous plaît.
- Voilà. Deux euros.

Je lui paye le croissant, et remarque le tee-shirt du gamin fatigué, réfugié dans les jupons de sa boulangère de maman, protégé devant l'inconnu que je représente à ces yeux. Il doit avoir cinq ans. Son torse, vêtu d'un T-shirt en coton arbore un « easy-on » de la plus belle école. La dernière fois que j'ai accentué cette expression typique des films d'action américains en version originale, j'étais sous un surplomb, tendance plafond d'escalade, en free-climb, sur une barre rocheuse cachée au creux d'un mont forestier Jurassien calcique. Le gamin assène son marketing viral, je suis encerclé, pris au piège. Et l'océan qui me tend les bras... C'est quelque chose qui m'a toujours évoqué l'automobile club de France, le grand tourisme, les bagnoles et leurs garages, l'épopée de l'automobile du siècle précédent. Alors ayant quitté le commerce à pain frais, après un café ou un chocolat à la brasserie du patlin qui cuisine des plats du jours à 12 euros pour les ouvriers du canton, (seulement le midi), j'ai dû reprendre la route, vu que Bellac n'offre strictement rien au plus puriste des Jet-setteurs. Un désert absolu, sauf peut être pour un ascète de l'héroïne en cure de réhab, autrement dit quelqu'un d'aussi rare qu'un séminariste Chartreux. Un peu perdu entre Angoulème et La Souterraine, virage à quarante-cinq degré, le château de La Rochefoucault illuminé, des travellers en trio au hasard du village céréalier, accompagné d'un clébard mastoc, n'ont qu'un graton de porac pour la nuit. Ils me taxent des feuilles, j'ai une bonne tête. Pour moi et ma berline, sur la route, l'aspiration derrière les remorques blanches, adoucies par mes phares semis éteint veilleuse en position, offre un coefficient de pénétration dans l'air économique. Après quinze borne, nous sommes soulagés, le chauffeur et moi. Juste le pare-chocs dans le cul du camion pour économiser un peu. Amusant, original, mais trop dangereux ; non respect des distances de sécurité. Bordeaux est en vue ? J'hésite, c'est peut être la plaine de l'Ain ? J'aurai dû écouter mon GPS, du Funk, c'est vraiment la bonne route à suivre.

Free your mind

Bon, j'achète un skate et j'y vais. C'est la tendance, des skates, il y en a de toutes les sortes et de toutes les couleurs. Ça va être fun. Alors, en pratique, où vais-je trouver mon Graâl à roulettes ? Parce que non seulement, il y a une multitudes de genres, mais en plus une multitudes de magasins. Je ne savais déjà pas où aller avec, alors si en plus je ne sais pas où le trouver... Un copain d'un copain connais un gars qui vend une bonne planche, une occasion, parce qu'il avait été dans un team de skateurs pros... Non, ça ne fonctionnera pas, il va vouloir devenir mon ami, je ne pourrai plus m'en séparer. Pourquoi pas le fabriquer moi-même ? Non, techniquement trop empirique, créer une contrefaçon serait inutile. Et quand bien même je parviendrai à acquérir l'objet, que faire avec ? Taper des quadruples back-flips sur des rampes titanesques ? Bondir de holly en holly sur toutes les bordures bétonnées de la ville ? Avancer misérablement en poussant sur les rues plates toujours du même pied ? Retrouver une bande de descendeurs, mauvais garçons scratcheurs de cuirs et protections, sur les goudrons et dans des glissades approximatives à 55km/h ? J'avais beau retourner la question dans tout les sens, impossible de trouver une réponse. Cet outil primitif qu'est le skateboard avait presque eu raison de mon intelligence. L'invention de la roue datait de cinq milles ans, et après 40 années, soit à peine 480 mois (beaucoup, beaucoup moins que les 60000 mois estimés depuis l'invention de la roue..) L'homme que j'étais ne savait plus vraiment comment vivre avec cette merde de planche à roulette, passez moi l'expression. (Merci de laisser cet endroit dans l'état ou vous l'avez trouvé.)

Followers agency

D'un ton retenu, Cedric m'avait bien parlé de la Plagne. Et même, ce que nous avions dis ne concerne que nous. Sur le télésiège, je repensai à cette bonnasse de serveuse du restaurant tradi savoyard au jean slim insupportable. Tant ces cheveux roux ondulés étaient sensuels, je me serai commandé une grôle à moi tout seul pour fermer l'établissement juste

en sa compagnie. A table, seul après ma tartiflette, après mes diots, et après un vin savoyard naturellement enivrant, euphorisant, et pas tout à fait saoulant, je ne comprenais pas vraiment l'attitude de ma première serveuse d'altitude. Entre une vraie complicité sentimentale, et une balade chantonnée par Joe Dassin, j'étais pourtant déjà sur la colline, certes, sans petit bouquet d'églantines, mais tout de même désemparé, je ne concevais pas comment elle pouvait agir de manière si ambiguë. Enfin bon, la démarche commercial de certains patron de brasserie était aussi tendancieuse que le cac 40 est abstrait : Les ressources humaines recrutent, les ressources humaines licencient, et les couchers de soleils restent impondérables. Soit elle jouait avec ma libido pour attirer le client, soit j'avais un vrai ticket. De toute façon, avec un ballon de blanc pour accompagner ma shédarisation fromagère, j'avais dormi cette nuit là, tel un tigre du Bengale ayant dévoré un grand-père obèse. L'ouverture des remontées, le lendemain, avec la neige poudreuse en masse, allait me donner la place à une session de peuf copieuse, et peut être anthologique si il continuait de neiger. Presque deux mètres en haut, genre 2300m pour me taper ensuite le Beaufortain dans le carton. Seul sur mon télésiège, l'expression de ma rousse tournait comme un sample de manu le malin entre deux platines :
- Bonne continuation...
Je n'avais même pas commencé... Cette serveuse était mon idéal féminin, si bien que je bloquais délibérément sur son insistance prolongative. Ce que c'est con ce terme continuation, ça ne possède aucun

futur, la continuation. C'est vide de sens. Continuez bien, oui, c'est déjà mieux. Mais une continuation, cela s'appelle une suite. Et la suite, c'est la soirée, c'est demain, la semaine, le week-end, au restaurant c'est un désert. Au service, les serveuses en son genre, dressées par des profs hôteliers certains de leur jargon français, vous assènent de "bonne continuation" parce qu'on leur a demandé de le faire. Si il y avait eu un problème, on l'aurait dit, sinon, on aurait arrêté, alors forcément elle est "bonne" la continuation, si c'est mauvais, on arrête, et dans ce cas, pas de suite : Pas de continuation puisque c'est pas bon. De toute façon, j'arrivais au top du télécabine, encore chaud de mon hôtel, pas encore froid du gel hivernal. Une bonne continuité. Sortant de la gare, aucun pisteur n'était encore passé, ils étaient dans la cabane, alors, j'ai tiré la corde qui fermait le champs de poudreuse par dessus ma tête. Hélicoptère inutile, mes skis sont rentrés lourdement dans la fraîche. Il était tôt, genre 8h30, et j'étais sur ma première trace, aussi raide qu'un stalactite devant une fenêtre de chambre. La chambre où dort ma rousse divine, évidement. Ce qui n'engage à rien, j'étais là pour la dre-pou. Les premiers glissements un peu lourds, je prend un chouïa de vitesse, trouve une faible godille, et arrivé vers la cassure plus pentue, j'ai un déséquilibre pataud sur ma jambe gauche à l'appréhension du visuel. Prolongé d'une droite, molle et veloutée avec ce son si feutré, je casse mon tempo, et avec sa gauche successive et conséquente, je déséquilibre mes bâtons en une quinzaine de mètres, et finalement bascule dans un mètre cinquante de neige vierge.

L'adrénaline m'étreint immédiatement parce qu'en plus, je déchausse du pied droit. MERDE-MERDE-MERDE! Focalisé sur l'avalanche potentielle, j'ose à peine bouger de l'impact, crispé à l'idée de tout virer... Tâtonner pour retrouver mon ski, mais délicatement quand même... Quel con, abruti... Mes tempes cognent plus que si Mike Tyson me mettait des pichenette pour se marrer. Vu la hauteur du stress, si ça part, si la plaque part, si l'avalanche se déclenche à cet instant, putain mon ski et moi, et en plus, tenter de rechausser dans ce massacre, bordel, j'aurai dû payer 2000 euros la serveuse pour faire la grasse matinée entre ces seins. Enterré vivant sous la neige et sans air-bag ?

Honest to god

Rien n'est plus fragile que notre univers moderne pourtant superbement abouti. A voir la manière dont les hommes construisent le monde, rationnel, décidé et aussi empreint d'un style et d'une manière reconnaissable, je le comparerais presque à un schéma mathématique développé sur une feuille de tableur informatique. Tout est déshumanisé au plus au point par les lois du commerce. Pas étonnant que je prenne mon pied en skate, non, en freeboard pardon. En plus, ceux que l'on considère comme des rideurs, s'envoyant en l'air sur des surfaces géométriques spécifiques qui n'ont aucune autre utilité à part peut être devenir des supports à l'art graphique précis et peint à la bombe, sont au comble du rêve de l'homme qu'est voler. Je ne suis pas envieux à cause de mon âge, sachant qu'à 40 ans, si je voulais réaliser un back-flip il faudrait l'intendance d'une équipe de formule 1 pendant plus d'un an, non, je ne suis pas jaloux. Parce que lorsque l'on regarde le vol d'un oiseau, son habilité, sa finesse, son aisance, sa liberté est absolument totale. Alors les gars, franchement, si vous continuez de vous prendre pour des oiseaux, j'ai envie de vous dire bonne chance. Pour moi, glisser crée quelque chose de Darwinien, l'homme avait appris à se tenir debout au fil des siècles, et voilà que pris dans l'euphorie du show, on s'envoie des sauts périlleux à qui mieux mieux. Surtout que les déterminismes aériens d'une prouesse de voltigeur, lois cinématiques semblables partout à travers le monde, ne conduisent qu'à des mimétismes déroutant ou les distinctions entre vous les mecs, ne donnent pas grand chose en terme de style. Gabarit, vitesse, matériel, la tendance pifomètrique de mon essai conduirait ici à découvrir une sorte de clonage général, dont très peu, hélas, ne parviennent encore à se distinguer. Ici, en 2015, ce jugement reste personnel, et n'engage que moi. Mais rassurer vous, tout est logique. Avec une accélération de la masse de 9,81 newton par kilo, une vitesse variable pour un poids moyen d'environ 70 kilo, le cerveau humain va induire au corps une forme d'évolution calqué sur les gymnastes où les rotations pourraient participer à la réduction cinématique de la masse et donc favoriser le saut, sa durée. Ce qui est un truc de taré, il faut bien l'admettre. D'autres auront le plaisir de me contredire au niveau de ce clonage, en particulier les ornithologues, et j'aurai à savourer à mon tour leur argumentaire. Pour revenir à l'évolutionnisme évoqué, peut être l'homme est-il victime de l'accélération de ces potentiels à cause de l'explosion de l'Internet, comme d'habitude, Internet trinque. Le bon sens se perd dans l'enthousiasme. Mais pour une fois, et une seule fois, je trouve l'aqua biking valable, puisque si les kids se prennent pour des oiseaux, les femmes pédalent dans la semoule, tout est logique. Vous me direz, encore une digression bancale entre revendications alter-mondialiste, et comique Bergsonnien de comptoir, oui, c'est vrai, alors glissons au bloc texte suivant.

End of the world

Le contest réunissait presque tout les fans de free-style de la région, et bien plus encore de curieux avides de grand spectacle. Comme à chaque contest, les renvois en « quarter » sur les bords du park, ces modules courbes servaient à faire demi-tour avant de retrouver les modules centraux, destinés à s'envoyer le plus d'air possible. Derrière ces espaces, les gradins bondés de spectateurs voyeurs se délectaient du show musicalisé avec tout les plus grands hits de la musique énergique des décennies de la high-tech. La buvette inondait de bière fraîche et mousseuse les envies de fête tandis que le snack nous régalait des quelques salades et autres sandwichs légers et gourmands. Les athlètes, arrivaient de partout. Anglettere, Allemagne, Italie, Espagne... une vraie coupe d'Europe entre potes. Les équipes de sécurité assuraient le coup en cas de pépin. Une chute sur un trois cent soixante, ça latte. Heureusement, tout un service d'ordre prenait ça très au sérieux. Enfin, quelques stand promotionnels laissaient en exposition des gammes de fringues et matériel de free-style accessible à la clientèle avec beaucoup de convivialité. Sur le park, le speakeur mentionnait le nom des compétiteurs les uns après les autres. Succédant à l'audace des plus téméraires, le rythme effréné des sauts et cascades maintenait une tension électrique palpable chez tous les participants. Sur le coping des quarters, les vélos des Bmxeurs se serraient en paquet en attente de pouvoir se lancer dans l'arène et ces modules. Nick tenait le run. Flair sur le quarter, il prenait ensuite la rampe centrale pour effectuer une rotation et demie sur lui-même, achevée par un demi-tour après avoir posé son vélo au sol dans la courbe en marche arrière. Sur un demi-tour, il s'élança pour atteindre le coping et offrir le park au prochain concurrent. Mais grimpant sur le coping, ce replat étroit d'un mètre et quelques centimètres, il heurta son voisin de la roue arrière, bousculant la roue avant de Francesco qui, déséquilibré, fit un mouvement titubant pour mettre un pied sur la barre du quarter et simplement glisser jusqu'à perdre l'équilibre et tomber des deux mètres cinquante de hauteur du module. Le speakeur laissa échappé un banal « quel con ce Francesco » tout en continuant son remplissage verbal d'une suite de « c'est chaud c'est maintenant c'est free-style » comme il l'avait déjà dit une centaine de fois depuis le début de la journée de finale. Dans les gradins, les fans de Francesco commencèrent à huer le speakeur, et juste à coté, l'équipe de Nick réagit immédiatement et l'un d'eux balança un coup de poing au frère de Francisco. Ce qui fit éclater une petite bagarre dans l'assistance. Le service d'ordre se précipita pour séparer les boxeurs et pendant ce temps, Nick repris le run à son compte, puisque le speakeur avait fini par se taire. Mais des autres rideurs, David qui devait s'élancer jeta son vélo et alla virer Nick, pour qu'ensuite la baston se propage entre tout les rideurs. Apeurés, les commerçants commencèrent de protéger leurs stands, mais les clients de la buvette fâchés qui voyaient le combat au centre du park commencèrent à jeter des verres et de la bière en leur direction, pour finalement toucher les filles qui tentaient de sortir des gradins où la bataille rangée ne s'arrêtait pas entre le service d'ordre et les supporters. En résumé, une sorte d'émeute semblait naître de l'événement. Le Dj, les yeux rivés sur son line-up ne réalisait absolument pas ce qui ce passait. Lorsqu'il leva le nez du guidon pour aller chercher une clope, constatant les dégâts, il réagit brutalement en coupant le flux des 2000 watts de rock et se précipita sur Revolution 909 des Daft Punk avec la sirène de police en boucle qu'il samplait live. Curieusement, la vraie police arrivait en même temps nettoyer le bordel.

Two love too hate

Le Pop-hall, ça, c'était un lieu culte, un bar inoubliable. En haut des escaliers hollywoodiens, trois marches genre Bains-douches, puis un escalier en descente genre Queen après un petit mot au physio. Deux portes s'ouvraient pour un premier coup de dés : escalier droite, ou descente gauche. Le choix décidé en flash, l'odeur remontant des entrailles vous heurtait avant de découvrir quoi que ce soit des lieux. La bière séchée, le tabac froid caoutchouc ou la machine à fumée indiquaient en même temps le premier contact avec la musique approximative à cette place, la présence d'un débit de boisson raisonnablement festif. Et déjà, la décoration onirique, hors norme, arty-conformiste et intemporelle nous accueillait dans une dimension d'argent allotropique. En fait, c'était un foutoir énorme, un souk savant. L'espace était réparti en un volume de type loft d'environ 300 m² avec un balcon, son bar et ces tables basses. Sur la gauche de la coursive surplombant la marmite disco, des wc turques art-contemporain à la Marcel Duchamp, avec un aménagement judicieux par deux bornes d'arcade réservée aux mélomanes. A cette hauteur, une boule à facette d'un diamètre d'un mètre cinquante pendulait imperceptiblement au tempo d'un gong pesant. Après avoir longé cette rangée de fauteuil cosy et tous dépareillés, il fallait encore choisir un escalier pour descendre encore, à la cabine du DJ ! Son Dance-floor jouxte le même sol. Comme pile au centre, cerclé des moulages grec du balcon, la boule à facette mesure maintenant deux mètres de diamètre, symbole de nos fantasmes. Le reste n'était qu'un joyau bordel. Choisir son siège au bar était toute une aventure, tous étant encore unique. Autour du bar en fer à cheval central, un petit hors-bord, une auto-tamponneuse, un bus Volkswagen, un télécabine huitantenaire Suisse, des objets de brocanteurs, du bois découpés en vagues, des babioles sans valeurs, la PLV des négociants en alcool accrochées aux appliques d'éclairage, tout, et n'importe quoi avait sa juste place. La planche de surf au dessus du Dj, l'espadon en plastique, l'écran géant, nous véhiculait jusqu'au cœur de la nuit. Les patrons, Souri, Bianco, Bart, Arthur, Benj, n'étaient jamais là pour bosser. Juste une bande de clubbeurs dont on ne distinguait pas les employés des consommateur, squatteur mattant Fashion Tv, où Extrem sport channel. De temps à autre, les mixs explosaient aux heures de pointes, où, le bar bondé, devenait un temple de liberté asservie au dogme de la house music et sa licence IV. Respectant l'heure réglementaire, il fallait fuir ou s'assumer au retour des lumières, un moment culte hors du temps, passé sous silence lumineux des ivresses légères, somptueuses, cultes. Deviendrais-je un Transformer insectisé par la sacem incapable de prononcer un mot du glamour des filles présentes à ces soirées ? Mythique…

Mode freestyle

Peu importe les exploits, peu importe le salaire, ce qui compte vraiment c'est la vérité. Tout comme Nestor Burma et sa clarinette, « ma fidèle planche ne me trompe jamais ». En revanche, je peux me rater et c'est bien parti. Dans la série des lourdeaux je me pose là. Free-style, c'est park, free-ride, c'est partout. Grammaticalement, ceci pictogrammise ces vocables anglo-saxons naturalisés français de la même manière qu'un signe artistique et compliqué d'origine chinoise symbolise un mystère dont seul, les Chinois ont le secret. Comme pour cette histoire de free quelque chose. Le style, plutôt dans les parcs ? Le ride plutôt hors des parks ? C'est vrai qu'il y a moyen de tourner autour du pot. Au début de ce carnet de route, journal intime, confessionnal écrit ou tergiversations rédigées entre autres digression sportivo-éthnique, je considérais le free-style dans son pré-carré et le free-ride en dehors. On s'en tamponne un peu. Un peu beaucoup. Nous nous comprenons à l'évidence, un peu comme empoigner une hallebarde, ça coule de source, par le manche. Et ce texte ? A-t-il un intérêt ? Oui, comme le masque et la plume, le roulement et le tag sont peut être un questionnement, et les réponses qui vont avec, naturellement issues de mon imagination ou alors décrite d'un mode de vie visiblement contemporain dont je suis le témoin. Et, par la fenêtre, derrière vos rideaux, sur cette rue à peu près déserte ou j'étais tranquillement et peinard, sans être fringué en costard, tombé d'un seul coup, net, à la faute. Balancé au sol par inadvertance, je fus foudroyé par l'accumulation d'une somme de fatigue débordante, maximisé à un scratch. Genou, poignet, coude, hanche, adieu, dans l'ordre d'apparition avec le sol. Ceci est plus qu'une hypothèse, mi-roman, mi-récit. Pouquoi (sans r) imaginer cette rue de Vesoul ? Je n'en sais rien. Toujours est-il que si des mecs me suivent en bagnol (sans e) pour regarder ma descente, sans que je ne puisse même monter avec eux lorsqu'ils remontent la côte, ne considère pas que je fais partie d'un paysage que l'on admire immobile.

Avec des épisodes semblables, la sentence promet d'être prodigieuse (sans meuf). Si notre capital galipette se restreint à force de fitness vain, mon attitude sera bien celle-ci : Anticiper et appréhender le pire. Car même si ce mouvement de glisse est un pur plaisir, il convient de se remémorer l'importance des efforts déployés afin d'étendre ce bonheur, et pas le brancard d'une salle d'urgentiste, forcément. Donc, rester élégant, rester séduisant et surtout, ne pas basculer trop brutalement d'une phase d'homme en pleine possession de ces moyens à celle d'un petit garçon blessé et désœuvré, exigeant de l'aide. Sinon, mademoiselle risque de ne pas comprendre tous les effets de style linguistique usité en pareille circonstance par le même rideur. (moi, en l'occurrence) Vivant alors une incompréhension lourde, elle ne serait plus séduite, mais repoussée. On mélange tout là ? Sémantique, géo, esthétique du rideur, rapports de séduction, médecine, beauté du geste, rigolade d'un gadin, orthographe, une glisse libre et la Chine ; quelle teuf.

Numeric world

De nos jours, tout est mesuré, chronométré, volumisé, étalonné, toisé, estimé, jalonné, pesé, quantifié, qualifié, répertorié, archivé, comptabilisé, professionnalisé, étiqueté, dimensionné, fiscalisé, narré, protégé, code-barrisé, décrypté, légiféré, réglementé, structuré, prévisionné, cadré, cadastré, limité, nuancé, barré, scanné, emballé, filmé, codifié, palettisé, transporté, acheminé, normalisé, temporisé, casté, politisé, représenté, discourisé, analysé, économisé, interprété, manipulé, simplifié, éduqué, coaché, enseigné, marqueté, fixé, assuré, appréhendé, décliné, segmenté, cotisé, épargné, emprunté, compartimenté, extrapolé, interpellé, interpratiqué, gouverné, fluidifié, dirigé, orienté, rationalisé, complexifié, competitionné, monétisé, argentisé, spéculé, optimisé, transactionné, précisé, cadré, rentabilisé, expliqué, surencherisé, chroniqué, télévisé, médiatisé, sensualisé, suggestivé, dénudé, pornographié, déshabillé, facilité, rédactionné, potentialisé, cinématographié, interchangeabilisé, journalisé, accessibilisé, importé, exporté, marchandisé, proposé, inifugé, alarmisé, sécurisé, préparé, anticipé, stocké, répertorié, informatisé, hyperconnecté, logiciellisé, big-datasé, méthodisé, contractualisé, placé, fliqué, agencé, architecturisé, hypnotisé, adjectivé, masterisé, diagnostiqué, mécanisé, heureusement, il y a ce skate !

Future addict

C'est le déjà le troisième « 20eme jour du mois » que l'épargne du climat à lieu. Enfin, au début c'était une cérémonie festive, mais maintenant, ça devient plutôt un symbole quasi post-bouddhiste unireligieux, tourné réchauffement climatique. Tout le monde est invité à accentuer le cycle thermique diurne et nocturne de façon simple : Utiliser la chaleur produite par son frigo la journée en produisant de la glace que tout le monde porte jusqu'à la Seine, le Rhone ou la Garonne au soir, moment ou la température de l'eau doit redescendre un peu. Des millions de personnes font ça, et les scientifiques disent que cela peut corréler un maintien de l'harmonie climatique, assurant encore un peu la durabilité des productions agricoles. De toute façon, c'est tellement pollué dans l'atmosphère que je dois déjà laver les filtres régulièrement pour mon climatiseur domestique. Habituellement, ma voisine me dit que c'est foutu dès que notre conversation dépasse à peu près les 45 secondes, soit l'échange de cinq phrases courtes, en règle générale. J'ai aussi beaucoup de problème avec mon drone perso. J'avais choisi le modèle semblable au premier Nono robotisé, son design le faisait ressembler à celui du manga original Ulysse 31. Mais sa voie à dû être contaminée par un virus du software mémoriel d'intelligence artificielle piraté depuis le grand reset de Facebook en 2029. Du coup, il prend parfois la parole pour me dire : « Les vrais lions sauvages, tous disparus sauf les spécimens de captivité, captés ? » il est qué-blo sur cette info, et de temps en temps, il sonorise un rugissement authentique du roi des animaux. Cela provient probablement des spywares résiduels présent sur les mémoires de mon premier lap-top, celui qu'on m'a cambriolé en 2014 – Les cookies. Remis à jour sur les cycles de jeux de rôles pseudo-virtuels que donnait Facebook, qui ne sont en fait que des simulations publicitaire, ça à tout fait planter. Du coup, Nono ne me parle plus, il rugit. Médiatiquement, les lobbying sont toujours actifs. Même si les grandes multinationales ont tentées de faire mourir le mot « manif » quelque uns d'entre eux résistent, et se sont nommés « l'ennui des publivores. » Ils manifestent souvent, à l'ancienne, genre mai 68, avec des revendications politiques. Pour le printemps, un team de jeune skateur m'a demandé de venir les rejoindre, même si je ne vais rouler ma freeboard que sur la rue de Dole, ce sera une perf pour mon âge. Il y a même le fils à Dédé Amiot, qui voudrait me voir skater à 120 ans sur un half-pipe. Je l'aime bien ce petit con, il me répète sans cesse : « T'es bien redevenu paysan en 2035, alors en 2095 tu retourne aux urgences traumato ! » Il va peut être faire ces obligations militaires avec l'infanterie Red-bull, en Afrique ou en Asie, d'après ce qu'il m'avait dis. Toujours pour l'agro-écologie intra-naturelle et éthnique. En free-board, si je me goure d'étage, je visiterai le ou la morgatoire. Les linguistes changent le genre selon la région, peut être une simple question d'accent asexué. C'est l'espace d'hydrothéravie dans lequel on reconstitue les tissus biologiques vivants, en caisson de verre, entre autre brûlures, hématomes profonds et atteintes chirurgico-physiologiques. Dans les caissons d'anesthésie mensuelle, on retrouve parfois ces dérivés, vestiges de la Nasa, destinés initialement aux spationautes Martiens, mais vulgarisés grand publique. Avant que l'agence ne soit dissoute à cause de la vraie découverte du boson de Higgs, accompagnée cette fois de son théorème qui manqua en 2012, c'est tombé dans le domaine public à la même période que le Facebook-reset. Quelques scientifiques prétendent que la conquête martienne recommencera avant 2600, après son bombardement nucléo-atmosphérique destiné à générer du dioxygène. Moi je me dis que Laird à raison, on peut simplement tripper avec un bon free-ride sur la Lune. Il y a un dérivé de ski free-style conçu pour la lune, idéal pour cette faible gravité, utilisable au ressort et aussi en flex, un truc unique, pour les jibbers ! Tu provoque un peu de mouvement sur toi-même, et ensuite, tu carves avec la vitesse que tu as généré, le ski fait les deux ! La lune c'est un terrain d'enfer avec une si faible gravité que tu rebondis sans cesse et tu glisses les skis pour freiner… Le seul souci, c'est l'abrasion. De toute façon ce n'est plus pour moi ce genre de fantaisie, vu que nous sommes déjà en 2069.

Shy degree

Après avoir brulé pantalon et sous-vêtement dans un long étalage sur le bitume, Vincent appela un service spécialisé pour les urgences en habillement et caleçons de surfeurs. Mais pendant qu'il tentait de recoudre son falzar, Vincent n'eut pas réalisé qu'il contactait vraiment un service d'infirmière d'élite et étonné, il obtenu derechef, les premiers secours. Lali arriva à sa porte habillée du plus simple appareil, dissimulant des courbes pulpeuses et néanmoins athlétiques. Lali pris en charge et diagnostiqua aussitôt Vincent, avant de se dévêtir lentement et de faire fondre son sexe féminin au tréfonds d'un string de dentelle rouge sang, dans une torture lascive insoutenable. Une fois sa plastique complètement dénudée, Lali offrit à sa verge les soins royaux, rapport buccogénitale d'un appétit inextanguible, et entrechoquement d'anatomie autobiflée, carressée.

Une fois sur le bon geste, Lali empoigna le phalus aussi profondément qu'elle le pouvait et se donna telle une bougresse intimement mariée, son homme donnant tout pour la rassasier. C'est seulement après quelques jours, quand Vincent échoua à son essai d'une nouvelle planche parce que trop écervelé, il couru droit au cabinet pour recevoir une ré-évaluation de son certificat de capacités. Mais Lali, demanda, elle, de renouveler l'examen de premiers secours immédiatement et sans tergiversations, selon ces exigences. Comme Vincent embraya un mouvement attentionné et silencencieux, Lali goûta son Faber-Castel et engagea ses larges et fragiles épaules sur une double détente authentiquement désirée. Lali encercla le thermomètre d'un déshabillé toujours plus rapide et volontaire, jusqu'à ce qu'un frénétique mécanisme et qu'une transe sexuelle provoquent Vincent au comble de sa virilité, courbant sa partenaire par-dessus le bureau comme simple bagatelle. Ensemble, de la manière dont Lali et Vincent exprimaient la puissance amoureuse, ils laissaient la tristesse perdue d'un plaisir évanoui, et redevinrent physique, n'obtinrent à la charge éclaire qu'un contre coup d'émotion décevant. Enfin, Lali gagna la salle de bain pendant que Vincent ramassait les vêtements éparpillés au sol. Lali, sous une attente murmurée de bonheur, évoqua quelque chose comme « lâche pas la qualité, surtout dans ton sport… »

- Vincent ? Vincent... Tu peux arrêter de copier les textes des autres ?
- Lali, mais, j'ai quand même fait la traduction !

Slippery when wet

Vous n'aimez pas les surfeurs ? Skieurs et autres gredins publique passants, roulants, glissants devant vous ? Et bien, sachez que leur rapport à la glisse est déjà en vous. La glisse vous encercle, elle vous contamine, elle vous guète, elle vous épie et vous, vous l'ignoriez. Sans elle, votre quotidien serait extraordinairement différent. La glisse est partout. Elle se cache sur vous quand vous enfilez vos vêtements le matin ou lorsque vous vous savonnez sous la douche durant votre toilette. Elle est aussi infime que ce geste spécifique avec votre carte de crédit lorsque vous utiliser un distributeur de billet ou, alors, elle sera gigantesque quand un avion glissera sur l'air, tout comme un paquebot sur l'eau. Elle se cache, profondément tapie au coeur d'un moteur à explosion ou les pistons embiellés vont transformer l'énergie de combustion en mouvement rotatif grâce aux segments, glissant entre les pistons supports et les cylindres en alliage d'aluminium. Elle surgit, d'une puissance mal maîtrisée, une roue de votre véhicule patine, ou on l'utilise pour vider un chargement, on benne, vulgairement. Elle est encore là, dans tous ces mouvements mécaniques de puissance destinés aux engins de chantiers dotés par la puissance hydraulique de vérins coulissants, comme un trombone d'une fanfare, comme un archer de violoniste, comme une balle dans une canon de revolver. Une petite cuillère au fond d'un assiette à dessert ou un pinceau déposant une touche de bleu sur un tableau. Poétique et gracieuse, chaussés de patins sur la glace elle nous porte sur une tradition Ecossaise lointaine, ou à Saint Petersbourg, en silence et sans efforts, dans l'élégance et le sport. Voulue ou pourchassée, la glisse ne cesse d'être à nos cotés ; et sexuellement que se passera-t-il ?

Point of view

La matinée avait été langoureuse et suave sous les draps chauds du chalet. Il avait pris tout son temps, enfin, c'est ce qu'il pensait. Aussi loin qu'il portait son regard, la neige et son incroyable blancheur virginale illuminait les cieux d'une lumière que même le soleil trouverai éblouissante. Car évidement, il ne neige pas sur l'astre solaire, car logiquement, il allait skier en haute montagne, car naturellement, il s'agissait d'une histoire moderne. L'habitude conduisait cet homme à avancer, nonchalamment, doté d'une conscience rare, curieuse, il allait skier sur le domaine d'une montagne civilisée. Sa solitude était une curieuse manière d'être avec les personnes autour de lui. Tous ces gens n'allaient pas utiliser les mécanismes complexes destinés à atteindre les sommets, et un bon nombre d'entre eux, vaquaient à des tâches beaucoup plus sérieuse, comme acheminer les aliments au supermarché, ou encore, assurer la viabilité des voies de circulation pour les touristes. Il était âgé d'environ trente ans, un âge assez indéfini mais jeune, une corpulence athlétique modérée et un attrait prononcé pour la salsa aiguillait ces choix communautaires. La montagne, était une fourmilière qui allait et venait sans interruption. Le but de tout ces travaux avait été d'opérer un nombre de mécanismes indispensable à l'usage de la gravité. Télécabines, télésièges, téléski, appelés vulgairement tire-fesses, dans le domaine public. Les pas de notre homme, cadencés par les bottes de ski engendraient une gêne négligée tant l'envie d'atteindre le terrain neigeux le dominait. Glisser sur la neige... Une joie partagée par tant de rideurs qui, ne nous le cachons pas, préfèrent tous la mécanique du génie civil aux relevés topographiques d'alpinisme. Une fois acquitté de la somme demandée pour le forfait, quelques autres individus au besoin subconscient, conscient, personne ne comprend, le rejoignirent. Le mouvement des gens se répandait autour des machines. Une nausée émanait parfois du son puissant des installations, gêne tolérée pour être capable d'emporter autant de monde vers son univers montagnard minéral. Une fois passé la frousse terrible durant la remontée, frousse des concepteurs de systèmes tellement périlleux à construire, l'horlogerie de la ville donnait finalement à ce gars, un laps de temps étroit sur un relief aménagé. La ligne de crête hésitait entre deux versant, tout les deux nuancés de cette brillance planétaire merveilleuse, et malgré tout humaine. Mon nanard allait choisir sa pente au pif, et, peut être transformer une glisse libre en dérapage involontaire soudain.

French burger

Le seul et l'unique burger made in france, recette crée sur un postulat simple, comment redonner quelque chose de neuf à l'hamburger ? Facile. Utiliser deux tranches de pains, entre lesquelles, vous placez quatre uniques ingrédients qui seront deux ingrédients sucrés, et deux ingrédients salés. Attention, ensuite, chaque goût, le sucré, et le salé, doit comporter lui-même deux textures différentes, l'une croquante et l'autre fondante. Ce qui revient par exemple, à mettre en œuvre des chips, avec un jambon, et un morceau de chocolat, avec de la banane. Vous retrouvez ainsi, le fondant du jambon et la banane, ainsi que le croquant des chips et du chocolat. Gustativement, le french burger est aigre-doux, sucré-salé, selon les proportions, il peut être également raté. L'importance de respecter les proportions est ici primordial pour que ce hamburger soit réussi ! Servez accompagné d'un énergy dink, ou d'un verre de lait, et bon appétit !

Homo extremus

J'étais super chaud, en train de pelleter la neige, pour préparer mon gap, ce que l'on nommait un tremplin. L'endroit du monticule avait été choisi précisément, près d'une sapinière hors piste, loin du domaine balisé, juste au bord d'une combe. On était en semaine, j'avais par endroit jusqu'à soixante-dix centimètres de neige fraîche. Les rayons du soleil, de retour progressivement, seraient au rendez-vous. C'était le début de la saison. Je pelletais mon kicker, mon module de neige tassée, seul. Certain que Michel, ou un autre « pélot », me rejoindrait tôt ou tard sur ce tronçon. Comme la saison commençait, personne n'avait encore formé la table, et je songeai à tous ces gens qui détestent déblayer la neige. Moi, je préparais ce kick pour m'envoyer en l'air et profiter d'un matelas cotonneux de neige vierge. Peu de risque de me faire mal, pensai-je... Avec une telle couche de neige fraîche... A chaque coup de pelle, soulevant la neige du bas vers le haut avec ma pelle de boy-scout, transpirant et soufflant, je lorgnais sur ce cycle immuable des saisons et cette bonne vieille gravité terrestre. Qu'est-ce que j'allais foutre avec la loi de la physique la plus basique ? Voyons, je vérifiais ma course d'élan et son axe sur la bosse... Impeccable, ça va envoyer du gros ! Parfaitement alignée ! Veillant à bien dessiner l'angle d'attaque du tremplin de neige ainsi tassé, je pensai : C'est ridicule, mais je vais jouer avec une force cosmique universelle. Vu que Michel n'était toujours pas là, je flippais même légèrement, seul au milieu de cette nature si hostile. Les sapins pliaient lourdement sous le poids des langues de neige, et le silence étouffant de ce monde refroidi contrastait totalement avec ma démarche difficile et pataude, bruyante. Excité et apeuré en même temps, je ressentais le trac du hold-up. Azimuté par cette envie folle de tournoyer en l'air, mes doutes s'effaçaient comme je soulevais ces kilos de neiges. J'avais ce besoin inexplicable de ressentir mon corps dans une pesanteur relative, une rotation aérienne, un saut libre de toute contrainte. Une putain de drogue... et je continuai d'accumuler cette neige sur une hauteur d'un bon mètre cinquante. Petit à petit, le tas difforme devint un tremplin efficace. Et cette passion pour une adrénaline haletante qui exige le break... J'ai cru y passer avec ce monticule de paraphrase mortelle. Bien, j'ai cumulé un bon boulot, ça devrait être pas mal pour le premier gap de l'année. Pourvu que Michel se pointe avec de quoi faire quelques images... Achevant mon œuvre éphémère, je pris soin de comprendre encore ce concept gravitationnel. Quel lien étrange à la planète me conviendrait-il de décrire ? L'origine de ce sport... L'origine de la vie ? C'est ce que tout le monde cherche, et bien je m'en fous complètement. C'est la vie d'origine qui m'intéresse ! Le primate que je suis ne chasse plus, ne cultive plus, ne consomme plus, il glisse ! Ouais ! Enfin, là, j'étais surtout en train de pelleter mais, merde ! D'un seul coup, j'entendis le bruit velouté d'un snowboard. Provenant du haut des sapins, suivant ma trace probablement, il s'agissait sans doute de Michel, à la bourre comme toujours. Il surgit impeccablement sur une courbe cinématique pure, instinctive. Je fis un pas d'écart, libérant prestement la rampe du saut. Le gars plaça sa masse sur la courbe d'appel d'un appui rapide, puis il s'engagea instantanément, sans aucune autre formalité, s'envoyant le tremplin avant de disparaître en contrebas, d'un bon vers l'inconnu.

Skateboarding is not a crime

A l'arrivée sur le skatepark, les membres du groupe en place se regardent, on ne se dit pas bonjour, on se jauge. Un signe de tête ou un clignement des yeux suffisent, comme si nous étions murés dans le silence par le goût du risque. A mes débuts, il y avait une rivalité entre les rollers et les skateurs, ce qui semble s'être effacé aujourd'hui. De toute façon tout le monde tombe un jour ou l'autre. Souvent, sous un ciel parcouru des nuages éparses d'après-midi vacants, nous nous retrouvons une poignée d'obstinés. Le skate park n'est pas un endroit convivial, on se blesse ici. En bas de la rampe, il faut trouver un passage pour rentrer dans la chorégraphie, rejoindre le mouvement perpétuel vertical, gagner son rythme. Puis, lorsqu'un rideur stop, avant qu'un autre ne démarre, je m'engage. A ce moment là, je m'élance dans le créneau en quelques mouvements amplifiés, atteignant rapidement la hauteur du coping, la barre du haut de la rampe. Partageant ce don, nos sessions se confondent de mimétisme autour d'évolutions calqués les uns sur les autres. L'originalité, happée par une spéculation d'audace, nous pousse toujours plus loin. Que ce passe-t-il dans la tête d'un rider ? Jean d'Ormesson ne l'a pas dit : « n'allons pas chercher la vie ailleurs, quant elle est en nous ». Ça lui allait bien ce genre d'adage, avant qu'il ne meure. Ça lui allait mieux qu'à moi. En vrai, sur le park, on se vautre tous chacun notre tour, se faisant plus ou moins mal, souriant plus ou moins. C'est étonnant, mais je suis un des rare à apporter de l'eau, bien que j'ai de plus en plus de mal à boire ce liquide dense et insipide. Sur le park, les tags qui ornent l'endroit inscrivent une ambiance résolument tribal, voir anarchique. Serait-ce la loi de la jungle ? Inutile de se perdre dans l'impact d'une peinture, son territoire est délimité, son charme indéchiffrable. Ici le chaos mercantile de l'urbain s'épuise, les graffs se renouvellent. Fort, j'affronte le groupe, je reconnaît quelques figures de style, découvre l'habilité novatrice, je tente ma chance. Commençant à trouver l'équilibre et la maîtrise, je me sens bien dans mon patin, addict, satisfait, quelques endorphines me grisent. Entre une cathédrale montagnarde et les prières du ressac océanique, le trait d'union de nos free-rides se trouve bien ici, juste là, présent dans ce voyage immobile.

Slowly to hell

Parvenu au geste fatidique, je renouvelais ma joie en choisissant ma prochaine planche après avoir étudié mes ambitions de fond en comble. Je savais ce que je voulais faire, et donc je savais de quoi j'avais besoin : Shape, stance, flex… L'anglicisme omniprésent de ce jargon argotique mesurait pourtant des propriétés physiques de forme, réglage, flexion. Avant d'emporter l'achat, ma personnalité infusait une nécessaire arithmétique trésorière. L'acte prévu, parfaitement solennel, allait diriger mon destin pendant plusieurs années. L'angoisse était palpable, parce que visualiser son futur n'est jamais simple. Parmi les très nombreuses solutions de planches, toutes aussi adaptées les unes que les autres, toutes conceptuellement aveuglantes, je flippais en pensant à l'acquisition, hésitant raisonnablement. Cet acte d'achat conséquent, m'offrait même une adrénaline inattendue. De part et d'autre du magasin, les offres, toutes plus créatives et imaginatives les unes que les autres, représentait un peu les dangers de l'aventure.

Préserver mes valeurs, choisir le bon graphisme, était un sentiment introspectif dont mon vendeur se délectait. Gardant ses distances, rangeant un rayon de vidéos underground bourrées d'amateurisme, il venait méthodiquement vers moi, cherchant à faciliter sa vente. S'approchant tranquillement, il dit un truc comme ça :
- Si tu cherches à jibber, regarde bien ce modèle *Shaun* c'est... une... tuerie.
C'est en voyant le snowboard que je compris ce qu'il signifiait. Effectivement, l'achat d'une panoplie de super-héros ne ferait pas de moi un surhomme, en dehors des périodes carnavalesques. Recherchant une réaction de ma part, le vendeur poursuivit :

- Tu as aussi les doubles rockers, les modèles slope…
Je ne répondais rien. Perdu entre les rayons du shop, je ne savais pas comment traduire mon fantasme d'investissement. A force d'explorer l'inconnu, je fus saisi progressivement d'une sorte d'étourdissement, un vertige fractal hors de mes moyens. Un achat en impliquant un autre, et ainsi de suite… La partie d'échec me conduisait à penser qu'une vie éternelle serait accessible bientôt, dès maintenant, ici. Déambulant le long des rayons, je fini par me dissimuler dans l'hésitation et les doutes. La musique de la boutique, drum&bass, avait peut être provoquée fortuitement un retour hypnotique d'une transe passée. Ma tête était vide. J'avais peur, demeurai crispé. C'est finalement au recoin du commerce qu'une issue se dessina. Une statuette trônait sur un présentoir discret, oublié des vendeurs. C'était un Tiki, haut d'une trentaine de centimètres. Il avait une

expression de combattant figée, burlesque et agressif à la fois. Ces yeux exorbités, ces mâchoires exagérée et son nez épaté, contrastait avec la petitesse de la lance et du bouclier qu'il tenait dans ses mains. Il était visiblement drôle, mais imposait aussi du respect, du tact et des précautions. Un nouveau vendeur vint à la rencontre de mon mutisme. Il me dit au sujet de la statuette :
- Il n'est pas à vendre. A Tahiti, ils protègent les maisons…

Spirit of extasy

De nouveaux surfeurs rejoignaient encore la plage. Leur nombre augmentait graduellement au fil de l'après-midi. On les voyait arriver tranquillement, d'une démarche prévisible, identiques. Après une poignée de minutes, nous étions rejoins sur le line-up. Le soleil du milieu d'après midi irradiait, la scène transpirait d'une torpeur intense, estivale. Il faisait bon et malgré un swell moyen, la plage serait vite saturée avant la marée descendante. Vues depuis l'eau, les silhouettes du rivage ressemblaient à des insectes frénétiques à l'intelligence aveugle. Prendre une bonne vague devint un vrai combat tant nous devions nous positionner. Le groupe dénombrait presque 25 gladiateurs, alors trouver une bonne déferlante était aussi ardu que trouver une place de parking dans Paris. Des cris, des hurlements s'entendaient parfois. Des jurons aussi. Heureusement, l'ondulation régulière de la mer bousculait toujours d'un coup de dé, le hasard et le

sort de la session. Ayant manqué ma série après un canard fort salé, je laissais passer un moment, assis dans l'eau sur le surf légèrement incliné vers le ciel. S'approchant de moi pour me parler, un touriste illuminé me posa alors cette question sans aucun préambule :
- Hey, dis donc, le cercle de surfeurs qui se tiennent par la main au coucher du soleil, c'est un vrai rite païen ?
Le gars, un barbu brun de bonne corpulence, s'adressait à moi tout en prenant la même position que moi, assis sur son surf. Sa question contenant la réponse, j'ai pensé qu'il était encore nerveux, potentiellement sous le coup d'amphétamines. Je pris ma distance, au sens propre comme au figuré. Je fus estomaqué, lui continua son baratin :
- Oui, ces rideurs qui forment un magnifique cercle de carte postale au soleil couchant, unis sur leurs planches, dans un grand moment de partage, tournés vers la spiritualité de l'océan, ouverts à la communion d'un instant, le symbole du grand tout...
Finalement, le barbu gardait un bon sens de la dérision puisqu'en déclamant sa logorrhée, il s'évertuait à rejoindre la partie la plus grosse du pic, et comme j'attendais en retrait, il faisait mine de parler dans le vide. Sa confession apparue touchante à cet endroit. Mon regard ne trouvait plus Jérémy, et grâce à la confidence d'un surfeur inconnu, je réalisais avoir perdu mon partenaire. Le barbu était visiblement transcendé par la houle, extasié. Comme une lame plus grosse que les autres gonfla derrière nous, je restais en retrait. S'étant préparer à son stand-

up, la vague emporta l'inconnu vers la côte.

Fast featuring

- Qu'est-ce que tu me veux ?

Il savait pertinemment ce que je voulais. Je demandais à Manu s'il avait ma planche. Lui ayant prêté, je comptais récupérer mon matériel ou au moins le pognon correspondant à sa valeur. Il faisait semblant de ne pas comprendre. Je lui répondis clairement :
- Tu me la rends avant que je m'énerve !
- Mais tu me fais chier avec tes merdes, t'es qu'un sale con de toute façon…
Ne pouvant pas entendre cela, je répliquais en haussant le ton :
- Oh, Tu te calmes !
- Mais tu l'as dans le cul, ta board elle est loin, dégage, va mourir…
Submergé par ce flux ordurier, je lui flanquais illico une bonne tarte largement méritée. Bam ! Nous étions en pleine rue piétonne, partout autour de nous, les paisibles clients attablés aux terrasses dînatoires de début de soirée, eurent un malaise en nous voyant. Meurtri par ma gifle, Manu m'assaille, repoussant mon buste d'un raffut. Sur le reculoir, je fais un pas, puis deux en arrière. Sans avoir le temps de me mettre en garde, il me jette un direct du droit dans l'arcade. Son jab me heurte, je ne vois plus, touché par sa frappe. On m'avait toujours dit que le premier qui cogne a souvent tord, mais je reviens à la charge, singeant une attaque en simulant plusieurs coups,

tenant ma garde. Nous sommes happés par le combat, alors que quelques mois plus tôt nous étions amis. Témoins de la scène, deux passants en goguette interviennent, et nous séparent. Le plus massif des deux nous ordonna, criant de façon très autoritaire :
- Vous arrêtez vos conneries O.K !
Très vigoureusement, ces deux badauds interposés entre Manu et moi, étouffent immédiatement l'escarmouche. Le plus baraqué continue de nous reprendre à l'ordre :
- Chacun va reprendre son chemin, O.K !
J'aurai franchement voulu lui péter la tronche à ce cleptomane mal élevé, cela lui aurait appris les bonnes manières, mais c'est une tâche salissante, en fin de compte. D'autre part, mon dentiste n'aime pas les interventions prothésistes compliquées. Tout autour, d'autres passants s'étaient amassés, reniflant l'odeur rare et fraîche du sang et de la violence. L'ambiance des terrasses, est devenue glacial en un éclair. Ça chie et la tension sature. De loin, Manu me défie encore, singeant un faux sourire provocateur il veut conclure en vainqueur :
- Tu veux m'éclater ? Viens, viens, on va régler ça !
S'en est trop, le plus réactif des passants, termine de nous rappeler à l'ordre ainsi :
- Cassez-vous avant qu'on appelle les flics, Ok ! Tirez-vous !

Top story

Mon employeur m'avait donné une leçon de professionnalisme conséquente. La nuit était tombée sur mon chômage, licencié vraisemblablement par manque d'assiduité. C'est vrai, le free-ride accaparait beaucoup mon quotidien, même lorsque je ne ridais pas. Maintenant chômeur, carburant à l'amertume, je glissais patins aux pieds à la recherche de mes pairs roller-skateurs, vers les Invalides, remontant à contre sens le quai d'Orsay et le cours de la Seine. Après être passé sur Palais Royal et n'ayant trouvé personne, j'avais pris la direction du Trocadéro qui était désert, lui aussi. La gigantesque ombre luminescente de la tour Eiffel redoublait de hauteur derrière moi, mais la nuit n'était pas terminée. Lorsque je suis arrivé près du pont Alexandre III, je débusquais enfin une bande de rideurs en longskate. Entre une nuit insomniaque et la recherche d'un nouveau job, je voyais ces trois longboardeurs courber le bitume frénétiquement, descendant vers Montparnasse. Silencieux, attentifs, gracieux, ils avançaient mués par l'ondulation secrète de leurs planches high-tech. Produisant un effet de vibration régulière, leur mouvement parfait me séduit instantanément. L'un d'eux m'aperçut tout comme je me fondais naturellement à l'osmose de la meute sans hésitation ni parole. Le son feutré des roues d'uréthane était ponctué ici et là d'un appui fort et bref. Le goudron prémium de Paris by-night déroulait un billard sur lequel nous nous étions affranchis d'une psychomotricité mutante. Après quelques minutes de mimétisme muet, notre estime respective nous offrit à chacun le plus grand des respects. L'inertie ondulatoire nous propulsait par nos larges balancements alternatifs. Après avoir fait claquer nos mains dans un check, en guise de reconnaissance, je quittai le groupe pour rejoindre le cinquième arrondissement, sans me répandre inutilement en discussions pesantes et futiles. Nous avions largement communiqué du plus important. La fatigue me gagnait, et je devais me contenter de la fugacité de ces minutes de glisse naturelle pour reprendre le fil de ma vie.

Send me the wind

Le sound-system, comme d'habitude, irradiait un rythme hip-hop solide et tonitruant. Je n'avais pris qu'un soda sans alcool, pour garder mes capacités lucides, sans toutefois perdre en fantaisie. Les gens présent à cette soirée tentaient de retrouver une certaine décontraction après une semaine intense et usante pour la plupart. L'âge moyen oscillait autour de la trentaine, et les conversations se débridaient comme la nuit s'opacifiait chronologiquement, à moins que ce fusse les effets des différentes drogues disponibles. Je pris une dose de la pire de toutes, le désir. Au passage d'une bombe de féminité, sexy en talons fins, jean moulant et blouson en cuir dur, j'avouai béa à ma princesse fashion :
- Vous avez un très, très, beau postérieur, mademoiselle…
Me regardant au fond des yeux, elle répliqua net ;
- Je n'aime pas ce genre de compliment.
Son regard ne semblait pas dérouté par ma remarque que beaucoup d'hommes devaient taire en sa présence. Etant au calme relatif entre l'estrade du groupe de rap et le bar assailli de soiffards, j'ajoutai

simplement :
- Pourtant s'en est un.
Après avoir passé une main dans ses cheveux détachés aux épaules, son regard se figea dans le mien une seconde fois, puis elle me demanda :
- Et… tu fais quoi, dans la vie, à part complimenter l'anatomie des filles ?
- Je ride…
- Tu fais quoi ?
- Je surf, je fais ce que je peux…
Après un silence complice, elle me sourit comme rassurée de mon attention envers elle, sereine, radieuse. Voyant que finalement, nous passions un bon moment au milieu de l'anxiété des week-ends débridés, j'avais envie de prolonger cette émotion, sans savoir comment. Je fus saisi d'un long soupir et je lui révèlai encore :
- Ton sourire est encore plus séduisant…

Fifteen bucks

- Laisse tomber, t'es totalement schizophrène.
- Non, je t'assure, la planète me parle, je ressens sa présence…
Nous étions en train de partager un dîner frugal, avalant chacun un panini. Nous avancions rue Mazagran, descendant côte à côte vers la place du port vieux, en plein Biarritz.
- Et tu ne penses pas que tu devrais consulter ?
- Pourquoi faire ? Ça ne me gêne pas… J'entretiens de bonne relations avec ma planète, je jette toujours mes déchets dans une poubelle. J'économise « son »

énergie. Tu vois grossièrement, qu'est-ce que c'est une planète ? On ne sait pas réellement… Une grosse boule dans l'espace… Remplie d'énergie, c'est louche, non ?
Dès qu'il se tût, Michel, vorace, avala son sandwich avec force et appétit. Je pris un timbre de voix prévenant pour lui donner mon avis :
- T'es malade mon gars, crois moi, t'es paranormal. Tu te chamanise un peu trop non ?
- Mais le langage planétaire est compréhensible, amical, murmuré, sensuel même, et toujours sage. Et moi aussi j'ai un langage parce que mon corps parle dans l'action du ride. J'exprime quelque chose avec elle, la planète, je sais, je sais, je sais… Tu penses que j'hallucine…
A cette confidence, je ne savais pas quoi répondre. Sur notre parcours, les restaurants étaient encore plein de convives dînant simplement à la nuit tombante. Cela semblait curieux, nébuleux, mais les dires de Michel ouvraient en moi un pan de compréhension sensible, dû à notre amitié sans doute. Pendant que nous parlions, il m'attira vers le point de vue du port vieux et son balcon dominant la plage enclavée. Le bruissement du ressac s'entendit de plus en plus présent. J'étais intéressé par son expérience, aussi, je le questionnais encore :
- Donc, c'est l'élément qui te parle ?
Michel avait terminé son lunch, si bien que sa confidence pris une nouvelle tournure.
- Oh, n'insiste pas Ok ? Tu me prends pour un illuminé schizophrène, en plus tu ne peux pas comprendre. Je n'aurai jamais dû t'en parler.

- Oui, bon, rassure-toi, moi aussi je fume de l'herbe, voilà tout, ça m'arrive parfois détends toi.
Agacé, blessé, Michel commençait à piétiner autour de moi. Il ouvrit grand ses bras, le visage tourné vers le large. Sur l'horizon sombre, nous ne distinguions plus qu'une ligne de point lumineux sur la baie de St Jean de Luz, et, les vagues toutes proches à la ligne blanche d'écume. Michel se retourna vers moi, enthousiaste d'un nouvel argument :
- Mais tu les connais aussi ces légendes polynésiennes où les hommes partaient surfer pour entrer en communion avec les esprits de l'océan.
- Légende, oui…

Keep on believe

Un relief régulier était modelé par les bourrasques du vent sur la surface de neige. Semblable à des vaguelettes immobiles, sculptées par éole, ces reliefs bleutés étaient en tout point similaires à la géométrie des vagues marines. Le ciel changeait lentement, l'horizon dégagé était tracé par quelques lignes aéronautiques des plus hautes sphères. Il m'avait fallut attendre presque un mois pour que la neige soit au rendez-vous. J'avais pris de vitesse les premières télécabines de l'ouverture et je remontais une piste à pied pour trouver un champ de poudreuse vierge. Mes yeux fixaient mon allure, mon rythme. Devant moi, à trois pas, ma vision se concentrait. A dix, quinze mètres, toujours plus loin, j'anticipais ma trace en relevant la tête. Sur l'accès à ce col, ma température corporelle augmentait avec la durée de l'effort. Je sentais parfois l'air glacial de mes inspirations exproprier mes voies respiratoires avec une délectation doucement masochiste. Sur la piste, la couche de neige s'enfonçait légèrement sous mes pas. Portant mon snowboard, l'angle de la pente donnait un enjeu particulier à ma marche d'alpiniste. Le passage au dessus de Flégère conduisait vers les aiguilles rouges, surplombant le lac Blanc. Il était impossible de rejoindre Argentière par cette voie, en snowboard, je devais descendre bien avant, retrouvant les pistes et les remontées mécaniques. Le passage d'un engin terrestre sur ce flan de montagne mettait sérieusement du plomb dans l'aile à l'idée que ces sommets abritent des dieux. Un Ra-track avait damé sur la montée vers Floria, et ensuite, même interdite, j'allais m'engager en hors piste sur les Crochues. Les pisteurs laissent les mecs comme moi s'engager, à nos risques et périls, et en toute connaissance de cause. Parfois, les mecs comme moi sont pris sous l'avalanche. J'avais voulu gagner cette piste en mode randonnée, faire une première ligne. Les risques étaient modérées, d'ailleurs, je me demandais pourquoi la piste restait fermée. Avec des précipitations abondantes, 30 à 40 cm de neige fraîche poudreuse légère, j'allais être gâté. Il me fallait maintenant préserver des forces pour la descente, et surtout rester lucide. Sur ce versant minéral, l'abîme entourait mon esprit. Je devais être entre 2500 et 3000m d'altitude. Sans ressentir de crainte, à une distance surhumaine, quelques lueurs rougeoyantes et chaudes offraient seules la présence de l'aube sur l'horizon hivernal. Les astres, si proches, m'émerveillait d'une telle grandeur irrationnelle. Au départ de cette session, j'étais loin de me douter qu'un tel spectacle serait au rendez-vous. Nourri spirituellement d'une telle théâtralité, je me sentais parfaitement en harmonie avec le monde, proche d'un nirvana indescriptible. La neige soulevée par mes pas scintillait d'une myriade d'étoiles éphémères. Je n'avais même pas froid. Coûte que coûte, la nuit cédait sa place au soleil. Choisissant naturellement la voie de ma descente, j'allais finalement m'engager sur un pan de montagne vierge de toute trace, seul avec l'élément.

Wasting speech

- Vous n'avez pas l'impression qu'il y a un problème ?
L'agent de police me toisait de haut, dû à sa fonction et son uniforme, inévitablement. J'arrivais en skate en bas de la pente d'une rue urbaine de centre ville où j'avais parfaitement glissé dans le flot de la circulation. Pour moi, tout était normal, la session était même plutôt bonne, exempte de contact au sol. Je répondis innocemment ;
- euh, non… Pourquoi ?
La collègue du policier municipal me dévisageait avec force. Il s'agissait d'une brigade à bicyclette. A ma réponse, l'agent commença à décrire ce qui lui apparaissait comme non conforme à la loi :
- Votre objet, c'est fait pour les skate-parks. Ça n'est pas légalement, un objet de déplacement sur la voie publique, en plus vous risquez de vous faire mal.

- Euh, oui, monsieur l'agent…

Je ne savais pas quoi dire d'autre. A l'instant, sur le trottoir de la rue parcourue par un bon nombre de badauds, je ne m'imaginais pas rentrer dans l'explication exhaustive de ma planche de descente. Car il s'agissait bien d'une planche destinée à pratiquer la descente, et rien d'autre. Ensuite, comme en roller, il est prévu de se déplacer en liberté, à condition bien sûr de ne pas bousculer les piétons ou cracher sur les voitures. Ce qui me semble humain, comparable à un code de la route complexe, se résumant à se mouvoir, en sécurité sociale. Mon dernier point de vue n'étant certainement pas assez élaboré, pas assez compliqué, pas assez juridique, pas assez codifié, pas assez chiant en somme, je me suis réfugié dans la répétition de cette affirmation :
- euh… oui monsieur l'agent.

Le représentant des forces de l'ordre, démiurge étatique, continua son prêche, application limpide d'articles de lois inscrit aux frontons des institutions. Le partage de l'espace publique, le respect des autres, l'application du code de la route. Si je lui stipulais encore cette règle simple et tellement évidente, ne pas engendrer d'accident, ma seule loi, je suis encore certain à la vue de sa détermination qu'il serait capable de m'embarquer pour une raison anarchiquement provocatrice. Il me fallait couper court à son monologue. Je choisi alors de tirer ma révérence le plus promptement possible :
- euh… Oui, monsieur l'agent.

L'équipe de police s'en trouva satisfaite, tout comme je revins sur le spot dès leur absence vérifié, satisfait également.

Darkness appeal

J'avais été immédiatement happé par l'infini de la voûte céleste. Choisissant de m'équiper pour cette session nocturne, paré à affronter le froid, mon regard s'adapta progressivement à la pénombre. Seul l'astre lunaire irradiait d'une lumière platinium étrange. Affronter le monde nocturne apparu comme un univers nouveau et totalement inconnu, alors qu'étonnamment, j'étais simplement en pleine campagne, autour de chez moi. Entendant les sons de hiboux ou des chouettes, quelques feulements de renard ou des craquements curieux, le long écho des automobiles raisonnait sur des kilomètres. Cela aiguisa naturellement mon tempérament d'explorateur nyctalope. Le rythme de mes pas, la sonorité de mes respirations devinrent attentifs au son qu'ils généraient. Ma concentration, mon attention s'adapta parfaitement à cette vision d'un monde familier ou toutes les couleurs étaient grises, dans d'innombrables nuances. Ce soleil de minuit disposait simplement assez de radiations lumineuses pour me laisser jouir de la pente routière, sans être dérangé par le trafic diurne. Distinguant nettement la petite et la grande ourse, Cassiopée, Orion ou parfois Aldebaran, je ressentais une forme de protection, une sécurité sous le scintillement spatial, éperdument indescriptible. La prairie ouverte à la sortie du village rayonnait d'une nuit rarement admirée. Naturellement, je ne me serais pas aventuré en sous-bois, me préservant d'une noirceur inévitablement impénétrable. Rarement, lorsqu'un véhicule s'approchait, j'entendais ce grondement caractéristique porté par l'air endormi, à plusieurs kilomètres avant de voir apparaître les phares. Cherchant à éviter toute incompréhension, seul sur le bord d'une route vers une ou deux heures du matin, je préférais me dissimuler pudiquement derrière un orme au tronc octogénaire, présent le long de la route. Encore d'autres signes d'humanité se manifestaient par le clignotement régulier des avions intercontinentaux suivant leur plan de vol, confondus avec des étoiles géantes pourtant éloignées de plusieurs millions d'années lumières. Profitant alors de ce théâtre unique, je lançais ma planche sur la diagonale, flottant aux confins de l'infini, jonglant avec les astres. La douce pénombre orientait alors mon attitude, privilégiant des appuis plus réguliers. La route, parfaitement visible en journée, était partiellement dissimulée, si bien que je ne devinais plus qu'une piste anthracite sans perspective tangible. Avec cette dangerosité palpable, quand le déchirement du ciel par des comètes devint régulier, je sus que la complicité incommensurable du cosmos veillait sur mon free-ride avec clémence.

Big air

La loi physique du sémillant Isaac Newton est ainsi faite : Tout ce qui monte, redescend plus ou moins longtemps après. A partir d'une vitesse donnée, appliquée à un corps de masse lambda, je possède un

élan suffisant pour me prendre pour un superman. Enfin, très, très, peu de temps. Certes, je m'éloigne du sol, mais je reviens à lui quand même assez rapidement. A partir de presque 3 mètres/secondes, ma vitesse est suffisante pour une masse de quatre-vingt kilos sur un bon gap standard. De toute façon, je ne fais que sauter... Pourquoi ? Comme si j'avais le temps de m'ennuyer en l'air... pour en rajouter : des rotations, des « coucou maman », des figures imposées ? Le temps de saut est rarement plus long de trois secondes et demie à ces vitesses. Alors en si peu de temps, plutôt qu'un long discours comme celui-ci, il semble original et stylé de libérer son corps et son esprit dans un mouvement fulgurant. Toutefois, j'aperçois déjà le sol, et il convient de s'en rapprocher avec prudence en gardant toute confiance. Oui, parce qu'Icare aujourd'hui ne redoute pas le soleil, mais bien l'atterrissage. C'est face à un big air que la conversation suivante s'est un jour tenue, car je ne comprenais pas l'intérêt de m'écraser modestement :
- Tu planes ?
Il continua :
- Tu lances quoi ?
- ... J'en sais rien... hey, toi ? Me fait pas chier, Ok !

Street rush

- Alors ? Les marches de la gare ?
Je croyais parvenir à un accord pour le choix du spot. Mais Stropp était vraiment pénible, toujours en contradiction pour des motifs indéfinissables. Sofiane alimentait le débat sans vraiment savoir trancher. Ça

nous donnait un bon moment de tergiversation, rythmé par le flux des piétons de notre rue commerçante. Stropp insista :
- Et celles de la rue de Vesoul ?
Sofiane, ironique accepta en rajoutant ce détail :
- Oui, oui, les 25 marches, et leur cassure, bien sûr, on y va.
- T'as voulu voir Vesoul et t'as bien vu ça saoule…
Concluant ma citation chantée, Sofiane précisa avec humour :
- Comme chantait Jacques Break…
Je calculai la hauteur du spot sus-nommé, Stropp et Sofiane laissèrent passer deux modasses pomponnées à notre hauteur, et voyant ces silhouettes, tout les deux prirent une respiration sifflées, ponctuant le toc-toc marqué par les chaussures des deux sirènes bourgeoises.
- Rue de Vesoul, c'est trois mètres soixante quinze, si tu ajoutes la cassure c'est limite en longueur, presque cinq mètres.
- Et bien, soit on touche le replat, sois tu sautes toutes les marches.
- Ouais, et pendant qu'on discute la neige fond.
Stropp voulait se différencier avec sa remarque climatique. Cependant, nous savions pertinemment que nous n'irions pas sur cet escalier, trop dangereux pour une session de routine. Sofiane eut soudain une mauvaise nouvelle :
- Vous n'êtes pas au courant pour Sylvain ? A propos de neige ? Il s'est craché en speed-flying !
L'annonce de cette nouvelle brisa le timbre de nos débats d'étages maçonnés. Nous connaissions tous les

trois Sylvain, aussi sous le pseudonyme de Linux. Je posais la question naïve :
- Il est mort ?
- Non, c'est psychologique. Depuis cet hiver, quand il est parti voler sur l'Etale, et bien, il est scotché, depuis mars environ.
Sofiane, avait eu des informations précises, grâce à ces amis Haut-Savoyards. Sans questionner plus, il nous donnait les détails :
- Il paraît qu'il est devenu dingue de bouleversement climatique. Il a bloqué sur les glaciers et la claque qu'ils ont pris ces dix dernières années. Son délire c'est de sauver la terre, protéger l'équilibre bioclimatique, il est convaincu et fou furieux. Il est même en hôpital psychiatrique depuis.
Stropp shoota un gravier avec la pointe de ces chaussures de skate, ajoutant :
- C'est son trip en speed flying qui l'a perché, il a peut être rencontré dieu ?
- Oui, si il en devient malade, nous, on va morfler d'une manière ou d'une autre. A force de croire qu'on vit dans une publicité…

Bitch sister

La nuit, on retrouve souvent le même dilemme social que la journée, sous une lumière paradoxalement criante. Ma berline était garée au numéro 100 de la promenade des Anglais, il était 21h30, à peu près. Je remontais le long d'une villa somptueuse, dos à la baie des anges. Deux filles sur la contre-allée, abritées par les palmiers, attendaient en tenue de soirée. Deux

déesses trentenaires et pulpeuses, apprêtées pour un grand bal. J'avais mon longboard sale sous le bras, et me dirigeait naïvement vers un quartier résidentiel quand j'ai croisé leur route. L'une d'elle usa de son sourire pour étrangler ma vigueur. Je choisi alors de contourner tout discours frontal, argumentant à la manière d'un fumeur pudique :
- Salut ma belle, aurais-tu du feu s'il te plaît ?
-   Fuoco ? Si. Le feu...
Elle tira un briquet de son sac à main en strass, me le tendit. Puis, elle esquissa un pas de danse, avant de continuer en Italien :
-   Cazzo cosi presto... Garçon !
Deux travailleuses du sexe rencontraient un chômeur de la glisse. J'ai allumé ma clope, sans réfléchir. Elle regarda ma planche de skate avec respect. Elles avaient l'air vraiment heureuse que je les aborde simplement, dénué de perversion, mais au contraire avec un peu de timidité. De toute façon, je ne pouvais pas me payer leurs services. Soudain, je me suis souvenu d'un mot italien idéal me permettant de saluer leur élégance :
-   Bella...
Elles ce sont alors regardées, disant ceci :
- Credi che ci sarebbe voluto per il suo albergo?
-   no, non ha soldi.
-   pensi che è giù?
-   Quello che non so.
Elles se retournèrent vers moi sans que je puisse comprendre leur jugement. Montées sur talons aiguilles, mon allumeuse portait des bas noirs, une robe fourreau blanche et une veste en fourrure de

vison artificiel. Coiffée en chignon, un rouge à lèvre rouge et ses yeux marron cerclés de noir révélait en moi un profond besoin d'érudition. Sa collègue, se rapprocha de moi, mâchant probablement un demi-Malabar, elle faisait des bulles de chewing-gum autoritaire. Stylée pop, ces bottes blanches en galuchat, sa mini jupe vinyle bleu électrique et son top noir en pull-over col roulé lui donnait une tendre autorité féminine. Leur allure était splendide, et pourtant, j'avais affaire à deux putes siciliennes ou calabraises. Blasé par cette barrière nous séparant, je leur avouai cette confidence laconique :
- Donc, si vous aimez autant faire le tapin que moi taper des pignoles, on ne risque pas de sauver l'humanité !
L'effet de la nicotine avait eu raison de ma retenue, à moins que leur pouvoir de séduction n'est affranchi ma virilité intime, je ne sais pas. Celle mâchant du chewing-gum planta ses yeux sur moi, et avec ces bottes hautes, elle me demanda avec un accent superbe, en français :
- Toi, qu'est-ce que tu voudrais pour nous ?
Sur la rue, pendant qu'une réalité disgracieuse faisait ombrage à leur plastique, je remarquai un break allemand sombre aux jantes larges chromées qui venait vers nous en ralentissant, prêt à s'arrêter. Celle qui m'avait offert du feu fit immédiatement un signe de tête vers ma planche, et comprenant aussitôt, je repris le fil de ma nuit. J'ai balancé ma clope, puis en lançant ma board au sol, je mis à l'index respectueusement mes deux amies fantasmatique du grand bal des amoureux vagabonds, avant de

disparaître.

Offspring

- Avec un traumatisme crânien, je ne vais plus pouvoir faire de shampooing ?
- Non, on a juste coupé un peu les cheveux autour de la lésion cutanée, pour vous suturer. Quand vous vous laverez la tête, évitez simplement de frotter la plaie pendant la cicatrisation, c'est tout.

Le médecin profitait de ces dernières minutes de préconisation anxieuses pour achever son ordonnance. La narration de l'accident n'était jamais terminée quand je tâtonnais délicatement ma plaie, invisible à mes yeux. Les points de sutures étaient sensibles, ma sensation étrangement nouvelle. Dans le bureau du toubib, la lumière des néons filtrait minutieusement l'ambiance rigoureuse de l'hôpital. Le box de consultation, à la peinture vinyl beige était exigu et équipé du strict nécessaire. Le pupitre blanc de lecture des radios affichait une image de mon crâne blessé. Le médecin se voulait rassurant :

- Vous n'avez pas perdu connaissance, mais nous ferons des examens complémentaires. Un choc à la tête ne doit pas être négligé.
- De toute façon, je n'aurai pas dû tenter ce back-flip. Je commençais à me sentir vidé, j'ai abusé.

Le médecin soupira, vraisemblablement impuissant et surtout fatigué par tant de sollicitations idiotes. Il repoussa le dossier, posa son stylo et se leva pour scruter encore une fois les dégâts sur mon cuir chevelu.

- Bon, songez plutôt à ne pas vous donner de nausées pendant quelques semaines. Pas de tabac, ni d'alcool, n'écoutez pas la musique trop fort, et tout ira bien.
Je me sentais tristement coupable d'avoir échoué dans ma manoeuvre, mais le médecin comprenait mon comportement. Il ajouta :
- Si vous ressentez des maux de têtes, appelez l'hôpital. Prenez du repos, beaucoup de repos, restez au calme et vous serez vite rétabli.

Freaky team

Notre bande était composée de trois hommes et deux femmes, roulant dans les rues commerçantes de la ville. Au début, nous nous déplacions simplement vers le lieu de rendez-vous et puis la sensation de glisse s'emparait de nous sans qu'aucun ne l'avoue. Naturellement, Igor laissait traîner quelques switchs remarquables, laissant pantois un bon nombre de quinquagénaires, mais nous avions tous un truc original à explorer. Chacun cherchait sa glisse, sa fluidité, sa propre aisance patins au pied. Alex touchait l'équilibre sur une roue pendant que je me retournais en arrière. Caro et Lucie avançaient en douceur, tout en féminité, sans appuis brutaux ou trop massifs. Aucun de nous ne le disait. On parlait juste de détails, de la manière de terminer un crazy ou lancer un shuffle, faire des huits, glisser, et puis, Igor travaillait ses rotations avec une ténacité sans égale. Une fois au square St Amour, nous retrouvions un groupe nombreux de patineurs de tout profil. Beaucoup venaient pour la balade, simplement profiter de la ville sous un autre angle, équipés de roller, simplement. C'est durant ces rendez-vous que certaines personnalités décidèrent de régir le groupe. Volonté cartésienne, désir réglementaire, narcissisme politique, quelques uns s'emparèrent du phénomène associatif, oubliant le simple fait de se balader. Ainsi, après quelques mois, les tensions entre les caractères affirmés d'individus encadrant les associations ont effacés l'engouement populaire de ce rendez-vous. Les velléités politiques étouffaient l'élan populaire dans l'œuf par excès de zèle. Quelques conflits d'intérêts, des oppositions, de l'égocentrisme et ce mouvement de liberté n'était plus qu'un papier déposé en préfecture, au lieu d'être un sport de mouvement urbain, purement et simplement. La « réunionite » ; maladie bien connue de la réunion avait contaminée tout le monde et décimé la population des patineurs libres. Bizarrement, quelques uns d'entre nous étaient immunisés contre ce genre de pathologie.

Porn emergency

- Ce qu'on s'est mis…
Jérémie semblait étonné, même surpris. Je lui demandais :
- Expo-resto-ciné-bar ?
- Mieux que ça ! Chandelles, huile de massage, encens… Résultat, deux heures passées à s'écouter respirer.
- Ouais, vous vous êtes fait un gros porno oui ! Est-ce que t'as les images ? Une sex-tape au moins ?

On discutait comme deux connards. Jérémie et moi avions parfois ce penchant pour une lourde dose d'humour potache, alors on se complimentait d'être deux glands. J'en remettais une couche :
- Est-ce qu'elle a criée ?
Jérémie fût saisi d'un accent de voie gay, il répondit en faisant la folle, avec un geste de la main précieux :
- Mais, qu'est-ce que ça peut te faire… enfin ?
- Oh, on est deux cons, tu sais bien, sans les femmes nous ne sommes rien, ou, pas grand chose, hein mon petit cœur…
On éclata de rire de plus belle. Nous nous étions retrouvés devant le shop, comme souvent, nous étions à l'aise en pleine rue comme à l'abri des regards. Je devais prendre une planche en location pour l'après-midi afin d'aller surfer. Jérémie, lui, venait pour l'entretien de son matériel de locations. Il me dit sur le ton de la confidence :
- C'est vrai que l'on n'est pas pareil avec les femmes, on devrait leur parler de cul comme on le fait entre hommes, tu ne crois pas ?
- Laisse, Jérémie, c'est… de la pudeur sentimentale, c'est pour ça qu'on…
- Qu'on ne leur dit pas qu'on pense qu'à se les taper oui ! Mariage ou pas !
- Oui, le mariage ça te calme quelques années, et puis après c'est les gosses, les beaux-parents, l'échangisme et c'est reparti !
- Salaud, tu ne crois pas en l'amour, je me casse surfer. Et avec un peu de chance, il y aura peut-être une grosse baïne qui me tuera d'une noyade

suffocante et salée !

Surfer digest

En vaillant passionnés, on s'est retrouvé à l'eau le lendemain, Luc et moi. Vorace de glisse, nous nous attendions l'un et l'autre au pic, derrière les rouleaux et les embruns. La vie distillait cette conscience chimérique, unique en ce lieu, à laquelle nous nous raccrochions ensemble. Entre le large et les vagues, à l'opposé de la plage, notre équilibre reposait sur l'osmose formée avec nos planches. Ensuite, notre capacité à comprendre le relief hydraulique mouvant demandait anticipation, technique et bon sens. Ce jour là, il y avait presque trois mètres, c'était vraiment gros pour nous. Luc et moi prenions une vague à tour de rôle, intuitivement. Balancés par le chahut de cette houle, l'eau dissolvait nos idées sur la normalité de nos vies. Ainsi, nous étions capables de nous porter aux frontières des plus horribles noyades pour en extraire de merveilleuses secondes de glisses. Luc revenait assez facilement au line-up où je l'attendais avant de saisir ma chance. La phase de rapprochement vers la vague était toujours l'opération la plus tendue. Raser le pic, charger la planche n'était pas facile non plus ce jour là. Durant une dizaine de seconde, l'action se tenait ainsi. D'abord prodigieusement happé vers le haut, tout en bondissant sur ma planche orientée vers le creux, je tentais de glisser au rythme de l'onde. Tout de suite, après le take-off, je déroulais, coupant à droite comme la vague me l'offrait et touchant presque

l'épaule, je rentrai deux, ou trois fois avant de sortir et rejoindre Luc en ramant vers le large. Finalement nous étions d'accords, on n'avait pas grand chose à dire à cet endroit tantôt surnaturel ou apocalyptique, maudit ou légendaire. L'agitation frénétique des déferlantes ininterrompue requérait des efforts intenses, une habilité permanente. C'est ce que nous aimions, je crois. Extraire d'un tel fracas quelques secondes de brio, nous apparaissait une vraie raison de vivre. Après s'être rapproché de moi, le surf parallèle aux vagues, Luc me demanda, achevalant sa planche :
- C'est comment ?
Satisfait de ma session et à la vue du line-up, je lui déclarais :
- Ça va fléchir…
Attendant calmement le passage d'une onde, il ajouta :
- Tu sèches déjà ?

Upside down

A l'issue de mes études, j'avais acquis un bon boulot qui collait idéalement à mon cursus universitaire. Je gagnais même plutôt bien ma vie. Suffisamment pour m'offrir ce qui se faisait de mieux en patins à roulettes, puis en ski, et encore en skate. Ce n'était pas du tout une mode d'ado attardé, ni une véritable sagesse d'adulte posé et responsable. Seulement, la glisse était plus attirante que tout ce que la société pouvait m'offrir d'autre. D'abord parce qu'elle se présentait à moi, mes capacités sportives étant compatible avec cette dimension. Ensuite, épris de glisse, je me suis mis personnellement en quête de celle-ci. Quand j'arrivais en roller le matin à mon poste de technicien qualité, quasiment cadre, mon boss avait le poil hérissé, tandis que mon énorme smile me valait les faveurs de quelques employées féminines. Mais pour mon patron, mon engagement professionnel impliquait un comportement responsable, et selon lui, j'évoluais inconscient des risques, comme si il imaginait que j'allais me vautrer avec bonheur. Il était incapable de saisir l'âme de mon free-ride, et moi, j'étais selon lui, incapable du dévouement nécessaire au poste. Dans ces conditions, l'épée de Damoclès d'un arrêt de travail trancha. Je fus viré. Ayant perdu le job, mais pas l'envie de rider, j'ai été happé dans un processus curieux. Pas assez malin pour devenir professionnel du free-ride, je n'étais plus assez crédible pour trouver un vrai Cdi. Le cul entre deux chaises, j'ai fini par faire de ma précarité professionnelle une force. C'est ensuite que ce caractère d'adaptation évolua en vrai atout dans mes recherches. Spécialiste du contrat précaire, finalement, je trouvai beaucoup de plaisir à travailler comme une sorte de mercenaire de l'entreprise, intérimaire accumulant les contrats à durée déterminée. Entre chaque mission temporaire, je pouvais alors vaquer à la glisse sous ses multiples formes. Et véritablement, la dualité des deux univers apparut la même. Remise en question permanente, adaptation régulière, équilibre précaire, je trouvai là une marginalité originale. Loin du conformisme ambiant, à contre sens de la normalité du monde, je me suis épanoui pleinement dans ce que tout un chacun trouve être une situation de faiblesse, grâce à la liberté du free-ride et son inventivité.

Home cooking

- Jour blanc, c'est jour blanc !
Réveillé le premier dans l'appartement loué avec mes amis, je commençais à m'exciter après avoir ouvert les volets. Tout le monde dormait encore cependant quelque chose d'exceptionnel éclatait en moi. N'en croyant pas mes yeux, je criai encore :
- C'est jour blanc ! Il y a de la fraîche, c'est gavé de peuf ! Debout !
Dehors, un épais manteau neigeux recouvrait tout d'un silence étouffant. Le ciel nuageux au plafond très bas allait se lever dans la matinée, il faisait peut être même déjà un grand soleil en altitude. Le plus perturbant est que durant mon sommeil, j'avais rêvé de cette neige. Et maintenant, tel un rêve prémonitoire réalisé, la poudreuse était vraiment là. En poussant les volets, mon excitation était à son comble. Je savais que la neige était là, et sa vision attendue me fit jubiler. Au salon, la table était encore encombrée des bouteilles de vin, de l'appareil à raclette, des couverts et des restes de charcuterie. La pièce empestait le tabac froid, heureusement la lumière virginale qui irradiait depuis la fenêtre me procurait une énergie exceptionnellement intense. Peut être que la marijuana et l'alcool absorbés la veille m'avait apporté ce sentiment de prémonition pure, cette vision extralucide puissante. Les autres n'allaient pas me

croire.
- Debout ! Allez venez, on monte ! Petit déj !
- Vincent !
Franck venait de crier. Céline, Marina, Rodolphe, René, peut être même Yann, dormaient à poing fermés. J'avais sans doute moins abusé qu'eux sur la défonce. J'étais venu en station pour skier, rien d'autre. J'attendais que Franck se lève. Après une bonne minute de silence, j'insistais encore :
- Franck c'est jour blanc !
J'entendis Franck répondre immédiatement :
- TA GUEULE !
Il attendit quelques secondes et ajouta :
- Laisse-nous dormir ! Et va mourir !

Event contest Championship

A environ sept heure trente du matin, je terminais ma reconnaissance de la descente attribuée au championnat. M'étant levé tôt, évitant la veille une java trop handicapante, mon intention était de me familiariser avec la piste réservée à la compétition de downhill. Pour être performant lors des chronos, il faut être au point. A cette heure, j'avais pu profiter d'une route déserte alors qu'elle serait prise d'assaut dès le début des entraînements et des qualifications. Terminant mon repérage, je roulais sur la plaine avec l'élan de la dernière ligne droite. J'aperçut un véhicule rouler vers moi. La voiture arriva en ralentissant à ma hauteur, et quelle ne fût pas ma surprise de trouver Luc Lenoir ! Il abaissa sa vitre conducteur et commença par me chambrer :

- Alors Vincent, t'es le premier à rouler ce matin ?
Luc était l'un des meilleures mondiaux de la discipline. On avait vraiment sympathisé lors d'un after en Autriche sur une manche de la coupe d'Europe au Grossglockner. Par chance, je savais déjà qu'il me remonterait au départ. Je laissai franchement paraître mon enthousiasme car nous allions bientôt nous surpasser.
- Ouais, une route libre, c'est toujours bon ! Et vous ? Affûtés ?
- Monte avec nous on va te remonter…
Luc était accompagné de Christian « Junior » Montavon et Manu Schwab. A eux trois, ils représentaient la crème des patineurs Vaudois. Il ne restait plus qu'une place à bord du monospace, alors je me suis installé afin de gagner le départ. Ensuite, nous nous sommes perdus dans l'agitation de l'événement où soixante dix rideurs venus du monde entier avaient répondus présent. Ce n'est qu'après le déjeuner, vers environ quinze heures, que les commissaires de courses appelèrent mon numéro de dossard en criant, comme pour chaque compétiteur :
« Competitor at the start line ! Seventy-five » Avec un influx monté crescendo dès le réveil, j'avais géré mon échauffement et ma concentration jusqu'à ce que cet instant arrive. Le chronomètre allait mesurer mon mano-à-mano avec cette route de montagne. C'était mon tour, et libérer toute ma fougue et mon adresse était la règle. Me dirigeant vers la ligne représentée par un portillon en métal doté de deux rambardes, ma chance était là. J'avais fait le vide, instantanément, j'étais prêt. Les secondes précédant le starter faisaient

déjà parties de la course, décrochées au fil du temps. Le juge officiel du comité international, très autoritaire dans ces gestes, agita sa main devant moi pour me guider. Les bips du compte à rebours s'incrustaient au centre de mon cerveau. Je pris mon élan, et ZERO ! La foule se mit à hurler comme je me précipitais dans la pente. Elancé aussi violemment que les lois de la physique me l'autorisaient, je pu enfin tout donner. Tout alla très vite. La piste déroula ses lacets, je gérais les freinages à mon maximum, soufflais, soufflais tout ce que j'avais, puisant dans mes capacités, au delà de la transe.

Light without heat

A cause d'une nuit sans sommeil, vers quatre heures du matin, près d'une devanture de banque rétro-éclairée, je traversais la ville avec ma planche. Comme toujours à cette heure dans la nuit du vendredi, ou plutôt le samedi matin, je voyais les poignées de fêtards sortir des clubs et discothèques. J'avais choisi de partir skater. Toutefois, après avoir longé un parc soigné, les arbres séculaires abritaient la présence d'un noctambule dédaigneux qui m'interpella :
- Eh l'ami, tu vas où comme ça ?
- Pardon ? Stan ! C'est toi, putain qu'est-ce que tu fous là ? Tu m'as foutu la frousse !
- Je suis là pour faire des mots croisés, tu vois.
Je soupirais d'incompréhension devant mon binôme Aquitain. Nous ne nous étions pas revu depuis Biarritz. Stan fumait visiblement un joint, tenant aussi

une bière en main. Il était habillé avec des chaussures en cuir noir pointues, portait une chemise blanche et une écharpe noire. Je lui posais encore cette question :
- Qu'est-ce que tu fous là dis-moi ?
- J'étais au casino du parc. Et toi visiblement tu promènes ta planche de skate pour qu'elle aille pisser ?
Je lui répondis un peu agacé.
- T'as la classe, moitié clodo, moitié Claude François.
- Arrête tes conneries, on est aussi à mi-chemin entre Chamonix et Biarritz dans ton bled. Tu vois le monde est petit.
Le grand duc examina ma planche d'un air satisfait. Il leva sa canette faisant mine de trinquer avec moi, tout en me tendant son joint. Je le saisi sans parler. Puis un sentiment plus triste me vint :
- T'allais tout de même pas passer ici en ville sans me téléphoner ? Tu sais que je crèche à cinq cent mètres !
Stan écoutait tranquillement, détaché, voir indifférent. Au loin sur le boulevard, quelques conducteurs crispés faisaient ronfler leurs mécaniques pendant que nous bavardions. Ma session de free ride était agréablement compromise. Il me dit :
- Tu sais ce qu'on va faire ? Je vais te présenter Kader, c'est un pote qui skate, viens avec moi.
J'acceptai sa proposition d'un silence intéressé, faisant tourner une roue de mon skate pour en écouter le son du roulement à bille. Mon plombier me remua par l'épaule, je ne savais pas à quoi m'attendre. La surprise de notre rencontre était incroyable. Je ne lui demandais rien non plus, sachant pertinemment qu'il s'agissait d'une perte de temps. Stan insista :

- Tu viens, et on retrouve Kader.
Caressant le grip de mon skate tenu du bout des doigts, Stan remarqua mon geste, relevant les yeux, il fixa du regard mon silence. L'univers des rideurs est décidément modeste et étroit. A cette heure tardive pour lui et très matinale pour moi, mon ami ressemblait à un noceur, moi un travailleur ouvrier. Quittant les abords du parc municipal, l'ambiance planait autour d'une scène onirique tirée de l'univers de Moebius ou Bilal. Alors que nous nous sommes remis à marcher, Stan gueula brusquement d'une voie gutturale ;
- ATTENTION, si tu réveilles le waterman, LE WATERMANNNNNN ! !

Bounce it

Inique. Déstabilisé, non, ça va être mieux ici, pourquoi pas, oui, un peu… ça le fait ! Un vieux son ronflant d'infra-basse dégoulinante résonnait au cœur de ma cage thoracique. Sur le dance-floor du tecknival, je trépignais d'excitation, créant ma vibration. Un peu de rythme en contre-temps, saccadé, un climax jouissif suffisait à me faire entrer en transe. Sans danser vraiment, je gesticulais au tempo des sonorités mécatroniques des Spirales Tribes ou des Psyber Punk, tous innocents-coupables de cet événement renégat. J'avais trouvé ce plan à l'aide d'un flyer distribué rue de la soif, avant hier. Or, incapable de trouver la paix intérieur avec ces mélodies minimalistes torturées, je décidai d'aller boire un verre. Au moins, un sentiment de

consommateur satisferait le vide affectif de ma soirée. Le volume sonore explosait mes tympans, annihilant tout dialogue amicale entre nous tous, prolétaires flamboyants d'une tempête sonique provoquée. Nous étions tous muets d'un quotidien pénible et chiant. De toute façon on avait rien à se dire d'autre que des revendications politiques, autant nous taires. La teuf battait son plein et en me frayant un chemin délicat au milieu de cette grosse défonce, je parvenais à poser mes coudes sur la buvette improvisée. Visiblement, j'étais au centre d'une célébration vouée aux abus massifs de drogue douce. Contradiction totale. C'était la grande messe illégale du week-end, sans mentir pour une fois. Soulagé de cette franchise, je me tournais vers la fille officiant au service de sa buvette new-âge au décorum fluorescent. Je lui commandais en criant :
- Un énergy-drink !
Elle répondit du tac-au-tac :
- cinq-reuss…
Sans « s'il-vous-plaît », ni aucun « merci », nous nous comprenions naturellement. Suivant ce ton cordial identique, ma barmaid se baladait avec un sourire cadré de rouge. Ses lèvres ardentes et ses cheveux disciplinés attachés en chignon attisaient mon désir. J'avais soudain envie de faire des enfants, sans pour autant vouloir d'enfants. Visiblement, son envie de laisser une empreinte sur ma joue collait à merveille avec son pantalon de treillis à camouflage militaire, audacieuse, bandante à souhait. J'avais envie spontanément de partir avec elle, loin d'ici. Très rigoureuse, elle me tendit la boisson comme je lui

donnais le billet. On se devinait à l'approximation. La chaleur du frigo de fortune installé à l'arrache, soufflait sur mes cuisses un vent tiède et continu. Autour de nous, les joints se roulaient, les bières se décapsulaient, les danseurs s'étourdissaient et le son nous fit tous chavirer irrémédiablement. Je me sentais bien, juste entre tristesse et bonheur. Son drink m'imprégna dès la première gorgée. Ça m'a stimulé tel un coup de fouet, claquant comme une suspente de voile de kite. Ma barmaid me regardait, sa présence m'agitait. Nous nous sommes dévisagés longuement sous le volume nihiliste d'une électro humanoïde muette.

Painfull road

C'est la première fois où j'ai averti ma mère :
- Je vais skater…
Il est 21 heures, en plein mois de juillet. Depuis quinze jours, j'ai repris mon job à l'usine. Ma routine respire l'air aseptique d'une chaîne de conditionnement truffée d'automatisme robotique. Je sens régulièrement la nostalgie du voyage, le parfum mélancolique d'un quotidien rentable mathématiquement. Toutefois, cette organisation de la vie m'offrait un salaire sûr, comme un avantage indéniable sur mon devoir d'imposition national. Depuis quelques jours, des ingénieurs étudiaient le processus de performance, étudiant nos efforts de mise en carton des produits, apportés par le tapis roulant de cette chaîne anonyme d'emballage. Plusieurs fois par jour, en silence, je songeai à la

machine qui pourrait me remplacer, à ceux qui pourraient la développer. C'est après le travail ce soir là, en rentrant chez mes parents, toujours trop conciliant envers mes largesses d'enfant gâté, que je révélais à ma mère ce qu'habituellement, je ne lui dis jamais :
- Je vais skater.
Franchissant la porte du jardin, je suis monté face à l'horizon de la plaine béante, pensant à ce goudron si lisse, idéal. Seul, rien ce soir là n'éveilla mon intérêt, mis à part l'envie de toucher ce geste en mouvement d'équilibre. Le bonheur facile, l'envie accessible rongeait encore mes forces. Une brise sèche caressa ma nuque à l'heure ou la rue se dénudait de toute agitation. Le ciel et son infini turquoise du jour fuyant la nuit, me capturait. C'était le moment. La lumière métaphysique du couchant n'a d'égale que celle de l'aube, complémentaire, elle se présente opposée à un autre lieu du paysage. Cet esthétisme hypnotique m'enivrait profondément, consciemment et volontairement. Faisant tourner ma planche entre mes mains, je débutais mon échauffement, commençais à me préparer, tout en remontant une côte certaine. A son sommet, je m'offrirai sa descente. Etrangement, ces circonstances m'offraient un pied de nez génial à la civilisation moderne : User habilement de l'abandon de la route par nos véhicules, pour obtenir une sensation de mouvement se suffisant à lui-même. En somme, toute la quintessence du déplacement.
- Je vais skater !
Ma mère s'en fout, elle a raison.

Talking heads

De Greysoul :
Yeah ! Cool d'avoir des news ! Clairement show pour se caler une session. Alors n'hésite surtout pas si tu passes sur l'ose !
De Stropp :
Si tu traces, Trace ! hahaha, et surveille aussi ta ligne !
De Linux :
Yes, extra de voir qu'il y a quand même des free-rideurs sur le coin ! Le tchat semblait très mou depuis quelques temps… Michel mon Lyon, tu roules de nuit à la Croix Rousse ? Putain, j'arrive pas à rentrer mon 180 en front-side, tenir le switch et revenir…
De Greysoul :
Oh non… J'ai fait un petit week-end chez les parents, histoire de me faire sermonner pendant le copieux déjeuner du dimanche ! C'est bon de se casser le bide, pas la tête !
De Stropp :
Ok, moi je suis Ok, mais No Ketchup Allowed, Ok ? Zero Pizza !
De Linux :
Wow, à voir, en fonction de la semaine. On a pas mal de taf au buro et je peux pas attendre d'être mort pour dormir…
De Stropp :
Cho cho cho…
De Linux :
Depuis mon entorse, j'ai acquis pas mal de session préparatoire, fitness, stretch, alors je suis comme

hyperlaxe, plus safe… le tartinage de pommade ça calme sérieux…
De Stropp :
Hey Stan, t'es où ? Encore aux chiottes ?
De Stropp :
Ok, je sors.

French kiss

Ayant confié mon manuscrit à Lydie, professeur de Français au quotidien, nous parlions de grammaire, de rhétorique après qu'elle l'ait lu. Nous étions attablés dans un bar, autour d'un café. Nous fréquentions régulièrement tout les deux ce bistrot bobo et nous avions répondu chacun au désir de l'autre avec une lassitude morne. On avait aussi fait l'amour plusieurs fois durant la nuit, mais Lydie n'avait pas acceptée que nous dormions dans le même lit, préservant ainsi le confort de son sommeil. En revanche, elle fumait des joints et me demandait toujours de les lui rouler personnellement sur la table basse de son living, et strictement nul part ailleurs.
- Ton style d'écriture ressemble à ce que devait traverser Arthur Rimbaud, à l'époque des premiers bateaux à vapeurs, des premiers trains, ou encore plus proche de nous, Jack Kerouac prenant la route interminable de l'ouest Américain… T'es même un peu barré…
-    Et tu aimes bien quand même ?
- T'as trop lu Beigbeder, sa narration de l'amour, prétexte inlassable au beau littéraire, toi tu n'en es pas là, tu n'en es pas là. Les éditeurs vont te refuser parce

que tu as trop de personnalité. Tu brises des conventions quand même, tout en restant assez poétique.
Je ne savais pas quoi répondre à tout cela, peut être une idée me vint pendant que je buvais mon café d'un trait :
- Je prends du plaisir à écrire, comme dans le free-ride…
Lydie éclata de rire. Elle ajouta :
-   Ouais, ça, j'avais lu.
Je lui proposai même une balade :
- D'ailleurs, quant irons-nous rouler ensemble la nuit ? Lorsque la ville est abandonnée du trafic ?
- T'es pas en train de me faire un plan glauque, là ? Tiens, pense à mettre notre conversation dans ton bouquin, si tu as des insomnies.

New York Jam

Explorer le monde à l'aide d'un skate est une source de surprises inépuisable. Oui, j'investis dans la pierre, j'acquière une board. Parfois, à une heure noctambule, seules les âmes insomniaques, les cambrioleurs et les noceurs fréquentent les rues de la cité. Reprenant ma route silencieuse, je me dirigeai vers la côte de la citadelle littéraire de Vauban. Attentif à ma démarche, ma planche, une véritable free-board, est conçue pour la psychologie de l'extrême. Grâce à cet objet, je peux entretenir ma cinématique, jouir de la gravité terrestre, décupler ma force centrifuge en choisissant l'envergure de mes courbes, l'intensité de ma vitesse, la dynamique de mes rotations, la cinématique de mon allant. Et toujours retranscrire la même liberté dans ce récit, pour vous. Pas à pas, au fur et à mesure que j'approche du site, une anxiété, ou plutôt, la présence de risques, autant de chute potentielles, galvanisait mon allure. Poésie laconique, je tombe ; ça blesse. Inutile de battre de quelconques adversaires, je dois d'abord être bon. Inutile de faire ce que font les autres, je cherche « mon truc »... De la main droite, je faisais nerveusement crisser mes cheveux sous mon bonnet hors saison. L'ajustement du couvre-chef traduisait l'introspection, la recherche de concentration dont j'avais besoin pour être cohérent entre l'intention et le geste. Quelques fois, toujours douée de beauté élégante, une silhouette féminine, fugace et fragile, peuple ma solitude d'une délicatesse dont je redoute la séduction à ces instants. Au détour d'un porche, d'une cour intérieure ou marchant sur le trottoir opposé, je me dissimule derrière ma planche, avance et rejoins le spot sans détour. Je reste méfiant, affiche un alibi en béton justifiant ma présence cavalière à cette heure tardive, en ce lieu. Le siècle des romantiques siège ici en bonne place, la maison natale de Victor Hugo est par-là. Sa porte d'entrée affiche VH, initiale signée. Van Halen ! Perturbé, ma démarche redouble d'attention quand mes chaussures touchent la première volée de marche sous la cathédrale. Impassible, un buste au bronze panthéon d'airain veille à la solennité du moment. La rue se mue ensuite en une longue coursive, c'est le passage théoriquement le plus dangereux. Elle ressemble à un canyon muré entre les hôtels particuliers. Longtemps après avoir franchi la porte antique, cet autre univers apparaît. Sous l'ombrage de quelques platanes Bonapartistes séculaires, je respire et m'émerveille de la finesse des ornements ciselés à même la roche, quels monuments. Ici ou là, quelques fantômes riront amèrement de ma première chute comme d'une maladresse miséreuse. Au flanc des remparts militaire, j'esthétise ma marche d'ascension dans la vision d'une satisfaction plénière, sûr en montant, confiant descendant. On gagne environ 150 mètres de hauteur depuis l'aval. Passant la planche d'une main en main, je gagne en préparation, accède replat, prêt à reprendre le chemin. Inverse de la monté.

Fly me to the moon

Ma conseillère en placement avait remarqué ma carrure sportive, alternant des coups d'œil à mon curriculum et à mes épaules ou mes mains. Elle m'avait suggéré une entreprise de BTP ; des spécialistes de la voirie, disait-elle. Un poste de manœuvre, rémunéré au Smic. Après plusieurs mois de chômage employés à explorer un bon nombre de spots de free-ride, je pouvais renouveler mon quotidien au sein d'une équipe de solide gaillards. C'était une bonne opportunité sans prise de tête. Comme je n'avais pas envie passer tout mon temps à rider, un boulot physique allait me maintenir en forme. Maryline se leva et m'ordonna :
- Suis-moi.
L'examen de ma candidature se poursuivi dans un petit bureau privé, derrière la pièce du comptoir

d'accueil. Maryline m'avait enfermé là, me proposant même un thé. C'était le type de bureau idéal pour une partie de jambe en l'air pendant les heures de travail, fantasme qu'elle devait avoir, en toute logique. L'entretien d'embauche se déroula efficacement, sans faux-pas de notre part. Maryline me demanda de remplir une fiche, tout en me questionnant.
- T'as les chaussures de sécurité ?
- Oui.
- Le gilet fluo ?
- Non.
- Bon, je t'en donne un, avec une paire de gants de travail.
Maryline rempli l'ordre de mission sur le bureau en face de moi, indiquant l'adresse du dépôt, l'heure du rendez-vous et le nom du chef de chantier à demander. Son thé était chaud, sentait le jasmin. Sans doute une recette minceur, pensai-je. Tout passait bien entre nous, un vrai commerce gagnant. Elle avait besoin de moi, et moi d'elle. Je lui demandais :
- La période d'essai ?
- Deux jours. Bon, tu as envie de travailler ? C'est ce qui compte. Le chef d'équipe veut quelqu'un de bosseur, c'est simple.

Lonely crew

Peu avant le crépuscule, un groupe de vans usés et taggués formèrent un cercle ouvert sur le parking de la plage abandonnée. Cinq ou six véhicules étaient garés tel une caravane du far-west. Au centre, crépitait un feu vaudou nourri du bois charrié par la

marée ou coupé sur la côte sauvage. Quelques uns se préparaient à passer la nuit ici, alors que d'autres comme moi allaient rejoindre leur résidence au surfcamp. Je distinguais une planche cassée posée près d'un camion, une grille de barbecue, des djembés et quelques femmes vêtues de panchos en laine, laids mais toujours chauds. Entendant la musique au son dub plutôt agressif qui émanait d'une hi-fi sur batterie, je me sentais intimidé. Sur l'horizon, j'apercevais au loin le couché de soleil achever une explosion verte précise, nuancée de violet rutilante. Le groupe devait compter une quinzaine de personne. Allant vers la plage, je partais méditer seul face à l'océan, et, passant près d'eux, un mec se leva et m'appréhenda :
- Et toi, tu vas où comme ça ?
J'ai cru immédiatement à l'embrouille. Son ton était rugueux et sa carrure nettement athlétique. Portant les dreads-locks blondes d'un fauve, pieds nus, il m'apparut dangereux. Je lui répondis sans perdre mon flegme :
- Tranquille mec, je me balade…
- Ah oui, et tu vas où à la nuit tombée ? A la plage ? Faire des offrandes à Neptune ou Poséidon ? T'es paumé ou quoi ?
Il se tourna vers toute la tribu et s'exclama :
- Regardez, encore un touriste qui explore les limbes…
Les filles m'observèrent d'un regard indulgent, tandis que leurs compagnons laissèrent monter quelques avis simple, comme les conseils de sages d'une communauté hippie peuvent l'être.

- Reste là, avec nous, tu l'as assez vue la mer… Le bruit des vagues va te rendre fou… Eddy à raison de t'arrêter.
Choqué, je me suis retourné vers mon gaillard rasta, le nommant :
- Eddy ? Appelle-moi Vince.
Je checkais, d'un glissé frappé de nos deux mains, nous rapprochant amicalement. Il mit sa main contre mon épaule, et m'avertis d'une confidence solennelle :
- Tu sais, il y en a qui restent perché, en extase devant la mer, cherchant à comprendre… des heures entières… Viens plutôt te poser avec nous, il fait bon près du feu. L'humidité commence à tomber, en plus je t'ai vu dans la journée, en surf je crois, t'étais dans les vagues…

Expensive live

Perché à cette altitude de presque haute montagne, un contraste incroyable se dessinait entre mon sentiment de sagesse puissante et ma volonté rebelle de snowboardeur. Vigilant, observant mon hors piste en contrebas, je n'entendais aucun bruit. Pas une bourrasque de vent, pas un courant d'air, la météo était parfaite. Le seul son me perturbant était le zip sifflant de mon pantalon de montagne lors du frottement de ses doublures à chaque pas. Ponctué par mon souffle maîtrisé à l'opportunité, mes pas lourds s'enfonçaient dans la neige meuble, fraîche et profonde. Mon cœur cognait l'effort et l'effroi d'un risque encouru. Dans ma tête raisonnait un mantra ;

« heavy ». Rien d'autre ne venait créer une idée plus présente que la force pure engendrée par la voie que j'allais finalement prendre. Posé sur la large crête sommitale, j'allais descendre là, sur cette pente vierge, goûter un précipice délicieux. Le panorama valait à lui seul le voyage. Une fois paré, le snowboard chaussé, après une ultime seconde de concentration sécuritaire, je me suis engouffré dans l'abime. Heavy ! Un éclair de doute avant de déjauger en finesse, je gagnais à cet instant l'aisance recherchée avec une force puissante de chute délectable. Cette dimension de vitesse engendrait suffisamment de dynamique pour être à l'aise avec ma fausse légèreté. La poudreuse veloutée marquait chaque courbe par sa résonance à mes appuis d'un son mate, orchestrant ainsi cette puissance délicate que je tentais de rendre la plus harmonieuse possible. Evitant d'alourdir ma trace par un appui brisant la structure neigeuse, je devais prévenir tout mouvement de plaque, d'avalanche. Clairement, je passais le couteau sous la gorge, vite et en finesse, même si le risque était minime. La résistance de l'air augmenta, et je me découvrais naturellement une vélocité cinétique, absorbant la pente avec gourmandise. Sensible à l'angle pris sur chaque quart, je choisissais ma trajectoire avec une fulgurance instinctive, un subconscient fougueux. Affranchi d'une masse corporelle acquise à la glisse, mon snowboard devint l'excroissance idéale de tout mon être, je faisais corps avec l'élément. Mais déjà la pente devenait moins raide, déjà, j'avais emporté cette sensation au goût zen si unique. En échange d'une solitude égoïste, j'abandonnais là ma ligne sinueuse comme une signature anonyme sur tout le pan de montagne de neige vierge.

Surgery skills

L'entrée pyramidale lumineuse, le hall en sous-sol, l'imposante victoire de Samothrace, le dédale historique emportait ma démarche plus vite que le fil des événements artistiques factuels. Déambulant au Louvre, je me demande vraiment ce que je foutais là, candide face à la Joconde. Mona-Lisa me dévisageait en souriant impassiblement. J'imaginai le siècle de Léonard puisant sa vivacité partout, dans ses études médicales, ses dessins militaires, sa vision aérienne… J'imaginai cette demoiselle, qui je le sais d'après certains historiens, n'en serait pas une. J'imaginai le disciple de Léonard de Vinci, ainsi travesti, tenant son avant bras tel un skateboardeur moderne ayant une entorse du poignet aux urgences d'un hôpital. Comment soignaient-ils ce type de traumatisme à l'époque, au 15eme siècle ? Et si le peintre avait facilité la convalescence de son disciple, réalisant ce portrait déguisé d'une femme ? Pourquoi auraient-ils caché une blessure ? Sa nécessaire prise en charge aurait demandé quelques semaines, le temps de réaliser ce portrait. A moins que Léonard eut à l'époque quelques penchants homosexuels pour son apprenti, il aurait alors mis à profit le temps nécessaire à sa convalescence. Je ne crois pas qu'une chute de cheval provoque cette blessure typique. La pratique in situ des théories géométriques non

Euclidiennes peut aboutir fréquemment aux mêmes erreurs douloureuses. Est-ce que l'impétueux jeune homme ce serait risqué à une acrobatie sur un chariot, soldé d'une chute provoquant son entorse ? Est-ce qu'une brave tentative de pré-skateboarding pourrait être à l'origine de ce tableau ? Autant de questions sans réponses dont l'histoire reste la même interrogation.

The appointement

- Alors, c'était comment ?
- Mortel ! pppffufhufuf…
- Ouais, à part ça ?
- Bain, hyper-chaud, ultra tendu.
- Et c'est passé ?
- Non, mais… Je viens de te dire… Que c'était mortel ! Tu veux que je te dise quoi ? C'était trop limite, voilà, je ne sais pas comment je suis passé !
- A ce point ?
- Putain, mais merde, t'as envie de tester ? Oh ! Là tu ne comprends pas, je te répète que c'était carrément Clara Morgane en string sur une pièce montée avec mon prénom tatoué dans le dos le soir de mon anniversaire ! Non mais t'es lourd, je te dis que c'était… oh et puis tu me gaves. Ça ne passait pas !

In your world

L'autoroute des landes, longitudinale et plane, me

conduisait en terre Basque à bon rythme. En la quittant, j'arrivais à Saint Vincent de Thyrosse vers 23 heures, au volant de ma berline. L'air de l'habitacle avait sensiblement changé au fil des kilomètres. Ce vendredi d'octobre, j'avais pris soin de rejoindre Biarritz à la prévision d'une houle annoncée régulière et forte. Au milieu du bourg, je découvrais une jeune femme blonde faisant de l'autostop, le pouce levé sous un réverbère. Evidemment, je me suis arrêté à sa hauteur, baissant ma vitre passagère, je lui demandais :
- Tu vas où comme ça ?
Elle répondit soulagée, certaine d'être véhiculée :
- Anglet !
- Monte…
Elle empoigna la portière avant que je n'ai le temps de dire quoi que ce soit d'autre. D'une taille moyenne, blonde, pulpeuse, la peau finement halée, elle apparue très rassurée en attachant sa ceinture pendant que je reprenais méticuleusement la conduite. Elle m'avoua être en galère.
- Je n'aime pas trop faire du stop, c'est flippant…
- Rassure-toi, t'es en sécurité. D'habitude, je prends des mecs dans la desh qui roulent des cigarettes avec des miettes de tabac sec… Tu vois le genre… Les filles comme toi ça n'arrive qu'une fois dans sa vie !
- Et tu vas où ?
Elle respirait pendant que j'accrochai la cinquième vitesse à la sortie du village, sans excès de vitesse. Excité par ma distance parcourue, j'attendais avec impatience l'instant de mon arrivée sur la côte. Et

cette fille venait s'inviter sur mon planning. Sa question n'attendait pas de réponse cartésienne. Je lui apportais le ton d'un défi :
- Direct à l'eau !
- Tu ne vas quand même pas aller surfer maintenant ?

Je la regardais pour lui dire calmement :
- Pourquoi pas ?

Elle regarda en silence mes mains sur le volant, puis mes bras et mes yeux. Je surveillais la route en l'écoutant. J'ajoutais mes arguments :
- C'est presque la pleine lune, le ciel est dégagé, je viens pour cela depuis l'autre bout de la France...
- Vous êtes tous timbrés les surfeurs... Tu n'oublies pas de me déposer avant d'aller à la plage...

Nous sentions passer une grande complicité. Je lui demandais simplement :
- Oui, tu vas où d'ailleurs ?
- A Anglet, je t'ai dit... Je suis invité chez des amis, dans une villa, ce n'est pas loin de la plage, d'ailleurs.

Nous arrivions à l'entrée de Bayonne et une sorte d'euphorie semblait envoûter le terme de mon voyage. Au fil des minutes, je réalisai avoir rencontré une femme sensible à mon état d'esprit aventurier. Nous nous comprenions sans étonnement, sans curiosité. Elle me guida d'un geste à un carrefour difficile, avant de m'inviter :
- C'est des copines qui organisent une fête, il y aura une trentaine d'invités, mais tu peux m'accompagner ?

Life is now

Tous les deux bercés à bord du camion Mercedes Vito, Kader et moi suivions la route attentivement. Nous étions chargés d'un bazar impossible ; des planches de skates, des outils de mécanique, nos casques, de la bouffe, des valises de fringues, une mini trousse à pharmacie, une caméra, il y avait même une banquette dans la caisse du van. Un vrai équipement néo-militaire prêt à entrer en guerre contre le conformisme moderne. Le Mercedes flottait sur les méandres du petit matin, le long d'un périphérique urbanisé. La fatigue nous stimulait dans ce qu'elle possède de plus dangereux, l'ivresse de rester attentif malgré l'épuisement. Alors que tous les autres automobilistes nous dépassaient, survoltés dès les premières heures du jour pour rejoindre leurs lieux de travail ou d'obéissance carriériste, nous, nous savourions la langueur de notre démarche. Nous avions décidés de partir rider, après une nuit blanche d'un ennui tergiversé et soit disant festif. Autour de nous, ce vendredi matin, des femmes et des hommes couraient tête baissée vers des statuts respectables, dotés de salaires confortables. Poursuivis par le temps, pressé d'amour machinal, un système d'ultra compétition apparut, implacable. Kader conduisait calmement et j'étais installé à la place du co-pilote. Nous étions effarés d'une telle frénésie. Frénésie d'où montait cette vapeur insipide d'effluves logistiques, polluée, destructrice, inhumaine. Bizarrement, le sous-produit d'une logique capitaliste germait en nous. Caressant des yeux le béton artificiel des zones péri-urbaines de commerces ou d'industries, Kader, au fil de notre parcours, me montrait une quantité de géométries susceptibles d'offrir un relief au skateboard. Une lumière sauvage éclaboussait ces heures rationnelles de nos libertés. Tout le monde allait travailler, nous, nous avions choisi de peut-être heurter le bitume en connaissance de cause. Notre intention impétueuse était comblée, notre choix furtif était fait.

Luke Skywalker is a liar

Lors d'une grande session de descente, nous nous étions retrouvés entre grands voyageurs de la glisse. Mon acolyte était Valaisan, habitué à pratiquer sur des pentes mondialement célèbres. Il m'expliquait sa vision du free-ride avec un accent Suisse totalement gorgé de plénitude :
- C'est curieux cette volonté de s'envoyer en l'air. Il y a quinze ans en arrière, il nous suffisait de glisser.
Nous étions assis sur la porte latérale de son van, large et confortablement ouverte. Flo possédait une puissante expérience de rideur professionnel. Nous avons alors commencé à plonger dans la dérision de nos galères respectives. Je me marrais en lui disant :
- Tu imagines, un pilote qui prend les commandes d'un engin technologique de plus de 300 tonnes sur la piste d'un aéroport international, et qui pense à voie haute « vole mon petit oiseau »…
Flo était hilare. Il répondit lentement :
- Bon, c'est toujours Icare, il ne faut pas s'inquiéter, atterrir en douceur.

- Justement, le bon plan reste de glisser… C'est planant, et tu ne tombes pas de trop haut. Ton pilote de Boeing, n'est pas capable de construire un moteur Rolls Royce ou Pratt&Withney, non, un Jumbo, c'est un kif de mécano ou bien ?

Au delà du parking où le minibus de Flo était garé, nous entendions les borborygmes exclamatifs de nos homologues rideurs, donnant la cadence des passages, qu'ils soient spectaculaires ou non.

- Il ne faut pas se mentir, t'as vingt ans, tu sautes partout.
- C'est… Citius, altius, fortius ?
- Aux jeux olympiques ça va. Au quotidien, c'est les valeurs qui nous poussent, nos défauts, orgueil, avarice, luxure, envie, et puis quoi ?

Nous entendions quelque fois des rideurs crier la bamboule avec une euphorie débridée. Flo et moi savourions un moment de calme. Flo, philosophe, redéfini la problématique avec un recul méticuleux :

- L'argent, est aussi une illusion. Nous ne faisons que mentir par omission, on ne vole pas.
- On plane un peu non ? Et pour pas cher !

Sur le parking où nous étions, Flo pris soin de vérifier que nous étions à l'abri des importuns. Il m'ordonna :

- Tu prends une bouteille dans la glacière jaune, derrière toi. On va rider cet après midi, pour l'instant je roule un joint.

Je me suis exécuté. Flo sortit du vide poche une boite à beuh et il continua sa dissertation :

- L'argent n'a pas d'odeur, par contre, l'humanité, parfois a besoin d'une toilette. Dédouané, je dirai qu'en Valais, on ne remplit pas nos vies en jalousant celle des autres.

Sun blast

Stan, bronzé, musclé, barbu et assoiffé de bière, additionnait les demis au comptoir du café San Miguel. On parlait de vagues et de plages depuis un bon moment quand je lui demandai sans détour :
- Bon, on pourrait un peu surfer ensemble au lieu de… se la raconter pendant des plombes ?
-   Ouais, pourquoi pas.
Il reposa son verre, et me confia ce détail :
- Tu sais, je connais des mecs qui voulaient venir avec moi, et une fois à l'eau, soit les pinpins n'arrivaient pas à suivre en franchissant la barre, soit ils ne prenaient jamais de vague en restant au large. Tu vois les boulets ?
Puissant et massif, Stan connaissait l'océan, maîtrisait l'océan. Une définition du waterman, incarnée. Mais à l'apéro, son égo était envoyé par le fond. Il m'en apportait la preuve ainsi :
- Tu sais que j'envoie… Tu es sûr de vouloir venir avec moi ?
Il avait posé sa main à plat sur le comptoir, les doigts significativement écartés. Alors que nous nous mettions mutuellement la pression, ressentant l'adrénaline monter, la musique du bar, jazzy et downtempo, chill et easy-listining, instillait une ambiance davantage propice à l'apaisement. Les filles de la ville, arrivaient progressivement à l'happy-hour, habillées et parfumées pour le début de soirée. Stan et moi nous enfoncions dans le pochtronage machiste.

Comptant surfer, avec ou sans lui, je préparais ma révérence, vu la tournure de notre conversation :
- Bon, je suis prévenu, mais où veux-tu qu'on aille ?
-    A Seignosse… à la Gravière…
Stan ne voyait plus que les femmes hésitantes autour du comptoir, élégantes et délicates à la recherche d'une place pour s'attabler avec leurs amies, ou fumer une cigarette sur la terrasse. Hypnotisé par la beauté féminine, j'imaginais déjà sa voie m'expliquer une excuse bidon, dire que les vagues n'étaient pas assez grosses le jour J. Je lui proposai une alternative :
- Et en attendant ces coefficients de marées, si nous allions faire du roller ?
Stan éructa, le verre de bière à la main ;
- Du quoi ?

Gone with the wind

On s'était calé dans les fixes, assis par terre, les voiles au sol. Le mistral était doux, régulier sur toute la grève de sable fin. Quelques vaguelettes méditerranéennes montaient toujours à une même hauteur, franche, nonchalante et chaleureuse. Mon pote m'initiait au kite-surf, sur la plage de Richelieu.
- Tu lâche ta barre, et le kite remonte… ça ce sens, regarde.
Fabien joignait le geste à la parole. Au dessus de sa silhouette de rugbyman, la voile à laquelle il était relié se plaça lentement à sa verticale.
- Ensuite, je tire à gauche, elle vire, c'est facile !
- Tu ne voudrais pas que l'on descende le vent, tout simplement ? Je ne vais pas arriver à tirer un bord dès

le premier essai…
Fabien répliqua ;
- Pendant que ta voile prend le vent, avec le wake, tu prends une ligne légèrement ascendante, et en appui, tu peux remonter le vent. Si tu te débrouilles en skate ou en snowboard, tu va voir, ça vient tout de suite.
- Bon, je veux bien tenter, mais si je descends trop, je reviendrai par le rivage en marchant.
Il faisait un peu chaud sous le soleil de mai, sexuel, comme chaque printemps. Quelques promeneurs scrutaient nos agissements avec une centaine de mètres de recul, depuis la route du bord de mer. Presque tous portaient des lunettes noires, semblable à des personnages Orwelliens. Ainsi, il m'était difficile de me concentrer, sous le vent du large. Au début, je trouvai l'harnachement plutôt contraignant, un vrai forçat. La ceinture lombaire en léopard, c'était la pièce maîtresse du gladiateur kitsch. Mon binôme tira sa barre, la voile monta et la balançant sur le bord, il me dit en haussant le ton :
- Je tire un bord, et je reviens vers toi. Tu t'inquiètes pas, si tu galères, je vais le voir immédiatement.
D'un coup, il prit le large tiré par son étendard. Stupéfait par sa vélocité, j'en oubliai ma voile. Lorsqu'une brusque rafale tira le kite avec moi, en essayant de m'engager sur ma droite, ma planche enfourcha le sol et je me suis éclaté la tronche dans le sable vaseux, tête la première.

Fuck you all

Complètement stupide, c'est avoir envie de rider.

Parce que je sais de quoi je parle, et tu dois savoir que la route est longue, chargée d'embûches et de pièges, de peine et de larmes. La mortalité des rideurs est sans doute la plus élevée de tous les sports contemporains. Paradoxalement, on pense toujours à ces moments flamboyants, occultant le reste. Tu vas te faire des cicatrices, accumuler des séquelles handicapantes, poser des gros problèmes aux médecins. Vivre un calvaire. On se lance, on plane, on tombe. C'est statistiquement inévitable. Et tu peux mettre toutes les protections que tu veux. Ça ne suffit vraiment jamais. Le pad glisse, il brûle, il tourne, il gène… Les casques sauvent parfois la vie c'est vrai, mais la colonne vertébrale, les cervicales, le bassin et les hanches, sont alors sollicités davantage à l'impact. Tout au mieux, on déplace un trauma par un autre. Envoyer du gros, tâter de l'air-bag, du bac de mousse ou du water-jump, c'est sympa c'est vrai, mais on en revient toujours à provoquer la grande faucheuse, pousser l'hédonisme nihiliste à son maximum… Flirter avec la mort, jouer dans l'extrême. Il faut aussi travailler, s'ennuyer, recommencer, étudier, comprendre, trouver des bonnes idées… Parce que les gladiateurs que nous sommes nous battons vraiment, contre nous même. Savoir gérer son assurance, c'est garder l'état d'esprit d'un mec sympa, parce qu'on est une bande de mecs sympa. Avec la distinction et l'élégance des plus hauts diplomates, un mot, un soupir, un regard inapproprié sur le park, sur le coping, et tu risques de manquer ta rotation, poser comme une merde et encaisser une chute de trois mètres de haut complètement puérile. Etre rebelle se paye le prix fort. Alors allez tous vous faire foutre, un mouchoir, c'est ma plus belle page blanche.

Forever young

Eddy Aikau, Andy Irons, Marco Siffredi, Malik Joyeux, Tristan Picot, Jp Auclair, André-Pierre Rhem, Karine Ruby… à tous les anonymes...

Nightmare on wax

- Râpe ta planche au lieu de divaguer…
On était devant le local du surf club où Jérémie avait préparé deux tréteaux sur lesquels nos surfs chauffés par le soleil du zénith nous attendaient. Vers quinze heure trente, je n'avais rien dit, et pourtant Jérémie me demandait de me taire. Mes mains tenaient fermement le peigne destiné à retirer la wax. Jérémie, concentré sur son décapage, se mit à me tenir un discours au registre psychédélique.
- Prépare… prépare ta planche, prépare-toi. Prépare-toi ! Regarde sa courbe concave, sa pointe fragile, son nose fragile, touche-là…
- Ouais, elle est vraiment dégouttante. En plus, ça l'alourdit.
- Stop ! Tu glandouilles en matant les bikinis !
Mon Basque était vraiment furax. Je ne savais pas quoi lui dire, encore moins question maillot. J'avais pourtant besoin de lui, alors j'ai continué de gratter, terrifié qu'il ne me jette vers un autre loueur de planches. La wax retirée de la surface du surf formait un amas grisâtre moucheté de grains de sable. Jérémie

lança brusquement l'une de ces boules, droit dans la poubelle. Je l'observais, attendant son avis. D'une main, il décrivait de grands gestes caressant mais précis, évertué à éliminer l'adhérence persistante de la cire. De l'autre main, il maintenait fermement son surf. Pour le taquiner, je choisis de le brancher sur ces sentiments, histoire de voir où cela nous mènerait :
- Tu parlais de quoi à l'instant, dérives ?
- Oui, toi tu dérives, c'est certain, mais j'aime ça, chez toi, mon gros touriste.
Il retira doucement un nouvel amas dégouttant de son peigne à wax avant de continuer. Il observa sa planche pendant de longues secondes, tout en malaxant la wax usagée entre son pouce et son index. Enfin, il me dit ;
- Bon, tu vas en réserve, tu prends des palmes, un morey et tu te casses à l'eau… Tu poses trop de questions alors, je ne sais pas quoi te dire… Va lire la mer, tout est écrit.

Fast lane

Il devait être quatorze heures trente, ce jour-là. J'étais enlacé contre ma divinité inconnue et préférée, Morphée. La virée de la veille avait été une cuite énorme, une bamboule fantastique, flirtant outrageusement à la limite de la beuverie zamal et de la perte de conscience éthylique. A cette heure indéfinie, dans mon lit doux et tiède, toutes les drogues et substances ingurgitées la veille infusaient un insolite martèlement contre mes paupières, aux confins de mon cerveau. L'alcool, surtout, la marijuana, aussi, anéantissaient mon identité. Des pulsations cardiaques heurtaient mes yeux clos. Ma bouche entrouverte apparaissait cadavérique, le palais surchargé de relents. J'étais encore plus pourri qu'au moment de me coucher, quelques heures plus tôt. J'avais tellement abusé la veille que mon existence n'avait plus aucun sens à cet instant. Entre vie et mort, ne sachant pas si je devais être éveillé ou ensommeillé, un coma éthylique astral couvait sur mon oreiller. Derrière moi, à portée de main, le temps passé. Le futur à un pas, juste devant. Aucun ne comptait, d'aucune manière. Incapable de répondre à cet état de conscience, totalement neutre entre une vieillesse épanouie ou la mort progressive, je n'avais qu'un sentiment de solitude abstraite. Ni bonne, ni mauvaise, grise ou rose, abusée ou savoureuse, la soirée de la veille n'avait pas été accidentée, flirtant avec la limite légale de ce que mon corps tolère. Entendant le bruit des voisins, rassuré sur ma méditation forcée, je me devinais déjà, comme hier : Etranger à tout, sensible à n'importe quoi. Le temps offert à ma perception immobile varierait entre les besoins de mon corps, les envies de mon esprit. Kafkaïen, malléable, le décor de ma chambre, intime et secret, invisible, s'ouvrait à ma personnalité renouvelée dans le plus grand des hasards. J'étais là, quelque part entre richesse et pauvreté, propriétaire d'une hésitation fastueuse…

Long drink

Je parviens à voir cet os, un squelette me semble,

Décharné, mutilé, pourri, fonce-dé,
Quand le trait d'un ski sans pardon a frappé,
Je n'ose voir mon gars de peur que je ne tremble.

Avec une force rare, rieuse et élégante de panache,
Nous fuyons tous deux ce monde trompeur.
Adieu, plaisant skate, ton discours menteur,
N'aura emporté du temps de vie pervers qu'un mensonge de H.

Cette courbe à tel point aimé ou détesté,
Ne comprendra jamais ce reproche exprimé,
Consolé autour des astres, l'amour devient Hard ?

Pour toujours enlacé, aveugle et sage,
Aucun plaisir dicté, n'ourdira cette page.
Jalousie d'un mouvement, une lassitude me tarde.

Adrenaline shot

La cinétique homogène de quelques courbes arrachait à ma tristesse son aigreur douloureuse. L'amertume d'une existence convenue, disparue à partir de quelques kilomètres par heure de roue libre sur cette pente banale que j'affectionnais pourtant. Dès lors, je plantais un freinage massif faisant face à un automobiliste éberlué. Blasé par la vie, j'étais parti skater pour respirer, brimé par des exigences incompréhensibles, carrément loufoques à mes yeux, j'avais besoin de me retrouver encore à la source de cette passion. Précaution indispensable à une véritable exigence, je ne devais pas tomber. Tenants à la vie, personne ne chute pour le plaisir. Antidépresseur, ballon d'air pur, soupape de décompression, équilibre régénérant, source de plaisir et d'équilibre, je ne sais pas quel qualificatif pouvais-je donner à la liberté d'une session de downhill. « King » Kelly lui-même le révèle, un surfeur se nourrit de son engagement. Mon désespoir muait en une énergie savante, esthétique, offrant là une issue tangible aux illusions du monde. Gardant une vitesse contrôlée, j'essayais virage après virage, de trouver plus d'angle, voulant amplifier ma maîtrise, dessiner quelques appuis francs. Avançant le long de ce ruban goudronné et lisse, sa teinte bleue spatiale effaçait toute l'hypocrisie des jours passés, là, sous mes yeux. Je devinais une chute, signification tragique d'une société meurtrière, façon James Dean. Enfin une règle logique, pensais-je : La franchir, sans tomber. Je devinais mon fatalisme consenti, blessé par l'impact, gisant sur la rue. J'acceptai le risque, pas son occurrence. Heureusement, les voitures en mouvement autour de moi brisèrent ces idées noires de manière drastique. La douceur du soleil et les quelques nuages blancs continentaux, disposaient un écrin céleste à mon regard perdu. Ma vitesse augmentait sérieusement. Ma masse d'énergie furieuse trouvait là sa plus grande amie, la peur dangereuse. Emmagasinant une légèreté dynamique confortable, je tâtais la glisse du bout des roues. Nécessairement, ma main combattante caressa le sol autour d'un dérapage technique. Je retrouvais dans le crissement âpre des roues uréthanisées le sens de cet art. Soulagé d'oublier tout la stupidité du monde, j'avais provoqué mon destin, gagné une émotion juste, et, posé un putain de slide sur ce free-ride !

Heaven in this hell

- Moi ? J'adore les vacances aux sports d'hivers ! Bien sûr… J'adore ! Des bouchons sur la route, des queues aux guichets d'achat des forfaits, des files d'attentes au départ des télécabines, des encombrements aux rétrécissements des pistes, la cohue au restaurant… Impossible. Pareil l'après-midi à la plage, avec une noria des petits vendeurs et toujours l'attente à l'hôtel avec un réceptionniste submergé au comptoir ou les éternels touristes chiants, sympathiquement à côté de toi au camping. C'est vraiment cool les vacances, les sports d'hiver, ce rapport à la montagne, ce lien avec les dividendes, l'ambiance des bains de mers... C'est tellement important un séjour de vacances, en station balnéaire, les plaisirs simple de la glisse, l'ambiance pourrie d'une déportation de masse, des citadins épuisés qui fantasment tous d'une chose non négociable… Personnellement, je n'ai jamais cédé à ce miroir aux alouettes. Probablement agoraphobe, certainement parce que j'ai toujours glissé, dès mon plus jeune âge. J'aurai tendance à fuir ces masses populaires, chantant George Brassens et sa mauvaise réputation. Comme la plage en plein été. Je ne suis pourtant pas plus instruit que les autres, mais pourquoi ce besoin d'accepter un système qui nous déshumanise autant ? Profiter de la nature, c'est vital. Et toi tu prends parfois des vacances à la campagne ?

J'avais vidé mon sac à cette jeune femme, avec qui je faisais connaissance depuis 10 minutes à peine. Elle m'avait révélé travailler pour une agence de voyage. Comprenant la lassitude provoquée par mon monologue, je lui posai une simple question ouverte, avant de l'inviter à boire un verre ou autre chose comme nous étions au bar branché du samedi soir. Elle me répondit laconique, tout en reprenant son sac et sa veste qu'elle avait posé sur un tabouret :
- T'es vraiment un malade.
- Hey, ne te casse pas, je ne t'ai même pas proposé un plan cul ! T'es vraiment bonnasse tu sais !

Campbell taste

- T'es trop bidon avec ta littérature…
- Tu sais quoi, elle t'emmerde.
- Tu saoules, ce n'est pas ça la réalité, la vérité je la connais…

Attendant qu'il se calme de lui-même, je voyais son souffle s'amenuiser au fil des mots. Je répondis :
- Entre une réalité romanesque et romancer une vérité, vas-y, trie. Amuse-toi, je suis open !

J'aimais bien cette situation veine. L'important pour moi était surtout de susciter quelque chose, une émotion, quelle qu'elle soit. Et avec ce rideur, j'avais réussi. Ses goûts littéraires n'étaient pas ma préoccupation. Je gardai même une certaine sympathie pour lui, sachant qu'il évoluait sur le park toujours habité d'une grande désinvolture. Etre remis systématiquement en question valait la peine de l'écouter. Nous nous étions retrouvés sur une

compétition, organisé par un grand équipementier. Lui cependant, je peux vous dire qui il est. Finalement, sa réplique vint toucher mon point faible :
- Tu surf comme un fer à repasser !
- Bon, vu l'importance du débat, on va passer à un sport de combat, qu'en penses-tu ?
- Ça m'éclaterait, oui volontiers.
Notre aparté prit le ton inaudible de l'engueulade, commençant à attirer les regards des autres skateurs. Il fit quelques pas en arrière, frappant ses mains l'une contre l'autre. Son regard changea, et il souffla à plusieurs reprises. Voyant la scène, je commençai à sentir mal mon prochain rendez-vous chez le dentiste. Alors je choisis de faire bloc, bouffer sa haine, lui donnant ma hargne en cadeau et vendre chèrement ma peau :
- Eh, viens, on va se rapprocher du glacier, t'es prêt à sauter dans le vide, t'as vue la hauteur des vagues ? Viens on va se la donner, aller, c'est ça la ponctuation, le point dans la gueule.
Finalement, mon acolyte flirtait avec le sérieux, il jouait aux durs, donnant le change, je ne savais pas vraiment si il voulait se battre, ou s'il affichait quelques velléités combattantes. On boxait dans la même catégorie. Quoiqu'il en soit, restant sur mes gardes, je pensai surtout à ne pas raconter n'importe quoi. Pris dans notre joute, il me demanda alors :
- Tu veux parler de Zermat ? On peut en discuter si tu veux… de Zermat ! Je suis ton homme, allons moi aussi je connais Zermat, Helbroner et Teahupoo !

Spiritualized

Ce soir là, nous avions dîné au restaurant chinois en tête-à-tête. Le froid hivernal marquait l'air ambiant, ce qui nous donnait un excellent prétexte pour nous blottir l'un contre l'autre, elle et moi. On marchait ainsi, serrés, attentifs, certains de rejoindre la chambre le long de la rue piétonne Joseph Vallot. Nous nous arrêtions parfois pour échanger un baiser langoureux, hâletant et muet. Étonnamment, la température glaciale accentuait le romantisme jusqu'à nous faire craquer sous le poids de l'excitation, nous forçant instinctivement à reprendre notre route silencieusement. Nous arrivions alors à l'hôtel, puis la chambre. Progressivement, la tiédeur chauffée des couloirs nous incitait aux murmures, délicats, nous marchions à pas feutrés. Aussitôt dans la chambre, une fois la porte verrouillée, nous avons recommencés à nous embrasser, tout en nous caressants fiévreusement. Retirant nos vêtements successivement, nous nous sommes enlacés avec douceur, découvrant petit à petit la nudité respective de nos deux corps érotisés. Offerts l'un à l'autre, une complicité intime se créait sans rapport commun à aucune autre relation, attentif au désir, nous répondions simplement à notre envie, sexuelle et tendre, affective. Tour à tour abandonné ou protecteur, nous révisions ensemble graduellement notre Kâma-Sûtra, sans perdre de vue l'émotion du plaisir ainsi créée. Partageant là notre plus belle énergie, nos ébats se renouvelaient au fil des minutes. Répondant à l'ardeur de l'autre, nos sexes gémissants et dénudés jouissaient ensemble d'un bonheur intemporel perdu sur nos visions. Quand nous eûmes assez vécu d'amour, une torpeur douloureuse révéla cette singularité de nos existences. Mélancolie d'une séparation déjà admise, il nous fallait reprendre le fil de nos vies respectives. Le lendemain sur le seuil de notre hôtel pris dans le gel et les congères, nous nous séparerions sous la vue magnétique du Mont Blanc, reprenant là, le chemin de nos solitudes intimes respectives, légendaires.

Shooting Smile

On monte en speed, promptement. Sans préalables, on accède au spot et le temps de préparer le matériel, la session embraye en deux minutes. Aucune entrée en matière, pas d'introduction, absence complète de précaution. C'est ce qu'on considère une mise sous pression. Naturellement, l'engagement est mauvais, minable, la suite décevante est filmée. Ma planche réagit mollement, mes ambitions sont en berne. La caméra tourne. Il y a des preuves enregistrées, dommage pour ma réputation, ma célébrité conventionnelle. Magie du cinéma, je ne serai pas présent au montage, alors, c'est MAINTENANT ! Insatisfait, je me démène, introspectif, je trouve une sorte de courage ou d'audace, un dépassement qui m'offre d'autres gestes, des appuis surmotivés, un meilleur ressenti, un phrasé intéressant. Une belle ligne ! Voilà ! D'habitude, il n'y a pas le cadreur filmant en grand angle travelling, alors je me dis simplement, ne pas faire comme d'habitude, et ça marche. La session déroule, on se régale. Je décontracte mes épaules, les touristes nous matent, le soleil brille, je me « sors les doigts » comme l'expression salement consacrée. Quel état d'âme ? Un peu de pudeur, évitons les contacts au sol, un peu d'orgueil, amusons-nous joyeusement. Je répète souvent à qui veux l'entendre qu'il est dangereux d'écrire, parallèle à cette belle ligne courbe invisible. Tant de choses à écrire, et si peu de temps pour lire. Mon cadreur me met à l'amende, coupons court à ce cinéma de télé-réalité. C'est une responsabilité.

Pumpin' it up

Ça ne prend que vingt minutes par jour, ou deux fois dix pour les plus coriaces algébristes. Compter les mouvements, noter les exercices, les uns après les autres. Pompes, abdos, crunch, squats, gainer, cardio, souffler et transpirer. Encore. Recommencer, pousser la fonte, soulever la fonte, porter la fonte, encore, recommencer. Souffrir, forcer, travailler encore, la posture oui, toujours la posture, le souffle. Je me répète souvent les mots suivants :
- Décontraction, posture, respiration, concentration !
La décontraction pour garder le sourire. J'ai horreur des rides à l'effort. La respiration parce qu'une simple bouffée d'oxygène au bon moment va produire cette sensation de frisson sur la peau, puissante et excitante. La concentration, pour emballer l'ensemble, contenir le tout, vider le cerveau de toute la pesanteur quotidienne. Et la posture : Instantanément, je corrige ma position, sollicite des

muscles profonds, accentue ma dynamique, et engendre une plus grande respiration. Ainsi de suite, une action ayant toujours un effet sur un des points précédent, ces corrélations favorisent la cohérence des exercices, le résultat global. J'aime cette hygiène de vie, caché dans une pièce sombre, une tanière, je garde les yeux fermés puisque je ne me déplace pas, au contraire d'une session. Je ressens mes capacités, gère et entretien mon métabolisme, visualise mon prochain défi personnel. C'est vraiment trop bon, la pire drogue que je connaisse, une forme de yoga techno, nettoyer son corps de l'intérieur, indispensable comme du savon pour ses mains. Ça porte ses fruits pour la glisse, mais aussi au boulot avec les collègues, alors, merci coach.

Hitch hike without any precise direction

Levant le pouce, je fus pris en stop après ce coup d'oeil réflexe au conducteur d'une petite Italienne 4X4. Le chauffeur, prévenant, attentif et économe, me conduisit silencieusement en une dizaine de minutes au grand carrefour du boulevard, encerclé des publicités affichées sur panneaux géants. Il est rare d'être pris en autostop en ville, mais à cette heure tardive, c'était incroyablement exceptionnel. J'avais droit à une faveur. J'étais en route pour Berlin. Non, c'était la banlieue de Lisbonne. Pas du tout, Morteau dans le haut-Doubs. Non, euh, j'étais près de Paris sur l'autoroute. A moins que ce ne fusse Argentière près d'un col. Je sais, il s'agissait de la départementale de Bidart, pour revenir à Biarritz. Montréal, Montréal !

Et Châteauguay en grande banlieue. Ça y est, je me souviens, j'étais près d'Honolulu. L'autoradio assenait une house-musique de transe convenue, à condition de s'abandonner à elle au volume mesuré. Mon chauffeur ne fit même pas une allusion à la planche de skateboard que je tenais entre mes jambes, assis à coté de lui. Une fois la portière claquée, la voiture avait démarrée et l'homme me demanda sobrement ma destination. A ma réponse, il n'a pas réagi, entièrement dédié à la conduite. La ville endormie était déserte. Complice, il me conduisit ainsi à une hauteur, un quartier différent d'où je pouvais savourer deux plaisirs extraterrestres. Une ville déserte à 2 heures du matin en ce lundi offrait ces plus larges boulevards à ma glisse post technologique, et mon insomnie de chômeur trouvait là une seine vacuité noctambule. Cette méthode de remonte pente est toujours plus cordiale qu'un attrapage de véhicule au vol, plutôt qu'attraper l'aile d'un avion à son passage, tel un alien, un vrai.

Sunset trip

Le bruit sourd du sable meuble et sec sous mes pas faisait écho à la rythmique lancinante des vagues régulières. Sur l'horizon de la côte, une brume fine et légère achevait le lever du jour de part et d'autre du rivage. L'odeur des embruns sous le soleil matinal, la plage vierge de toute présence humaine et l'absence des vents du large, tout s'offrait à mon surf. Délicatement, je notai une marée mi- montante sur la large lagune. Ce devait être ça, vu la marée haute de hier soir. Saisissant l'instant, je déposai ma planche concave au sol. Quelque chose éveillait en moi une attirance folle. Au loin, l'inconnu de cet horizon océanique hostile, inatteignable, n'était qu'un monde de secrets distants de centaines de milles. Scrutant les rouleaux, je devinais la vague la plus séduisante, celle qui gonfle et déferle sans briser au milieu des mousses régulières, émeraude puis opaline. Je la voyais dérouler sa longue diagonale, pure et éternelle. Accrochant mon leach, je savais bien toute la futilité de l'acte auquel j'allais me livrer ; épuiser mes forces contre un élément. C'était peine perdue, une quête vaine, surtout pour tenter de retirer toute la sève mystique de cet objet inerte posé à mes pieds sur le sable. J'allais visiter ce lieu hostile, cet endroit tumultueux d'eau vive et chaotique. Cela captivait toute ma vigilance et mon sérieux. L'océan allait m'investir. J'allais là, décrypter le large remué des courants intercontinentaux et cette fine lisière liquide venue lécher la grève. Rien d'autre ne me faisait vibrer d'avantage que ce danger relatif. Toute la philosophie du 21eme siècle m'apparut tenir dans cette mise en péril de mon humanité. Comme si l'homme ne pouvant maîtriser son environnement devait maintenant en comprendre la symbiose. J'eu soudain un flash, en apercevant au loin une silhouette féminine courant sur la grève dans ma direction. J'étais Adam et Eve me rejoignait.

Hold wise

- Chérie, je crois que j'ai fini la nuit sur mon tapis

volant !
- T'as bouffé ta power barre avant de te coucher et tu t'étonnes d'un réveil en fanfare, encore défoncé ?
- J'avais la dalle, ce n'est pas de ma faute, je n'avais que ça. En plus, l'histoire du skate c'est vrai.
Cette fois, Corinne, ma compagne s'énervait. Elle prit un ton ferme, malgré mon mal de tête :
- Quoi ? T'as encore raconté ta vie ? Tes conneries à roulettes ?
Elle attendit quelques secondes pour ternir mon café pourtant noir, en ajoutant sévèrement ;
- Je le connais ton refrain sur le duel entre frères, tout le monde le connaît, le combat pacifique... Le dépassement de soi...
- Bain...
Ne sachant quoi dire, un silence cadenassa mon ivresse résurgente. Son verdict tomba :
- Laisse tomber tes théories de *michel,* tu saoules un peu quand même... T'es incapable de te taire ?
Doucement, elle mit sa main sur ma bouche tout en passant son bras derrière mes hanches, visant à me réconforter, exigeant davantage de mesure de ma part. Mon égo, elle le connaissait parfaitement, et sa patience était grande envers mes travers. Relâchant son étreinte en glissant sa main sur mon torse, je me calmais instantanément. Souriante, complice, elle ajouta ce précepte chinois, tout en prenant soin de décrocher le cadre d'un cliché de taxi new-yorkais, siégeant au salon :
- Indulgent avec les autres, exigeant envers soi-même.

Master mind.

La souffrance. C'est bon d'avoir mal. Après les quelques minutes de réaction pure à l'impact, le corps comprend, le psyché admet. Après quelques heures, la sensation croît graduellement, empirante constamment. Ne sachant pas vraiment la gravité de la blessure, ton cerveau panique également. La vie bascule à son rythme, les soupirs s'enchaînent et le temps passe. La blessure se précise, se définit clairement, comme un cadeau surprise que l'on reçoit et redécouvre encore. Après quelques jours, j'ai compris mon traumatisme, je m'habitue au plâtre ou à l'attelle. Je compense, accepte, c'était convenu dès le départ. *Quelques conseils, quelques examens, un bon diagnostic et une parenthèse s'ouvre sur le cours de mon existence.* Attendre, guérir, et ensuite ? C'est drôle une infirmité, on se demande de quoi l'on reste capable. Pas grand-chose, à moins de réapprendre tout son quotidien. Entorse de la cheville, deux à trois mois immobilisés, un classique, comme l'entorse du poignet. C'est un must. Les béquilles sont tout de même amusantes, je me balance, d'avant en arrière, sur les côtés, il faut toujours que mon corps en mouvement soit une source de plaisir. La dynamique, la gravité, l'élan, encore lui. Le temps offre cette capacité physique de recouvrir des blessures. C'est ça la vraie vieillesse.

The big aerial

Les Grecs n'aimaient pas glisser. Bim boum basta.
- C'est quoi le concert ce soir ?

J'étais devant un bar punk, où aucun n'était coiffé d'une crête iroquoise agressive, tous dociles et invisiblement rebelles. Après avoir cherché l'affiche du concert dans le silence de mon vis-à-vis, des mecs en train de fumer se demandaient visiblement ce qui m'excitait, alors je dû leur dire. Le bar de l'U offre régulièrement des sets, alors, candide, j'ai posé la question musicale banale. A ma question, le plus baraqué répondit simplement, me montrant d'une main l'enseigne et tenant sa binouze de l'autre, il dit tel un maître queux :
  - T'as vu, ça, c'est le nom du groupe.
Au dessus de lui, je lisais le grand nom d'une marque de bière en lettrage luminescent rouge zinzolin, écrit, matérialisé d'un néon précieusement shappé. Quand j'ai repensé à la manière dont nous nous séparions après le travail, après les réunions importantes, j'eut plutôt l'impression que nous clashions avec le sourire du boss. Un concert de punk, c'est dangereux, je suis parti délicatement parce qu'habillé en chemise. Sur le style, le genre musical, j'hésitai encore. Pourquoi du roman ? C'est pas le récit pur dont tout le monde est capable. Pourquoi pas le récit original avec mon Robby Bass-culture ? A cause du pseudo involontaire, par exemple. Les grecs antique, connaissaient la neige. Les grecs, n'aimaient pas glisser, les grecs connaissaient la neige, ils savaient que c'était froid et qu'avec de la glace, il ne faut vraiment, vraiment pas déconner.

Sweet stance

Virginie disait être une artiste. Bassiste. Elle était aussi une brune incendiaire. Autour de nous dans ce bar rock, je sentais clairement les mecs fébriles en présence de mon amie. Pour essayer de lui plaire, je ne savais pas quoi faire, alors je lui ai demandé clairement :
- Est-ce que tu pourrais me donner ton avis sur une citation que je voudrais employer dans un bouquin, s'il te plait ?
- Oui, vas-y, comme ça je saurai ce que tu écris.

Virginie possédait une véritable plastique de mannequin. Le grain de sa peau était si fin qu'elle éveillait en moi des doutes sur sa présence à cette soirée poisseuse de rock hebdomadaire au filigrane nauséabond. Je tentais de lui apporter un peu de fraîcheur, vu qu'elle devait être une vraie chaudasse. Je lui dis :
- …et bien, la citation serait… qu'il ne sert à rien de mater le cul des meufs, il faut surtout leur dire qu'elles sont belles.
- Tu dis ça pour moi ?
- Aussi, oui. Je sens que je vais encore ramener un bide de chez mon éditeur…
- Et ça parle de quoi ton bouquin ?
- Bof, de la glisse, son quotidien…
- Toi ? Ta planche ?

Elle se moquait de moi, et cela me foutait la honte. Son sourire à l'attirance magnétique me terrifiait, son influence sur n'importe quel gaillard s'avérait redoutable. Elle me faisait penser à un chasseur de tête, ou un directeur artistique de major company. Aucune autre explication valable à sa présence dans

le bar de quartier où nous nous trouvions n'était plausible. Dans ce genre de bas-fonds underground, aucune lumière n'illumine aucune larme. Avec son élégance, je me serai damné pour l'emmener loin de là. Autour de nous, les verres de bières se vidaient, et tout le monde était habillé en noir uniforme, triste à mourir. Je me suis défendu :
- Oui, certes, je ne suis pas Aktarus, ou Taïg, mais je ne suis pas non plus un touriste… « skateboarding without progress is boring… » disait Pontus Alv.
- Je préfère ta citation sur les femmes, en fait.
- Tu ne veux pas que nous partions de ce bar ?
- Non, pourquoi ?

Virginie plongea ses lèvres dans le gobelet de mousse blanche. Sa carrure de danseuse aquatique synchronisée était à peine dissimulée sous un perfecto noir. Evidement, son tee-shirt faussement vintage laissait deviner des seins lourds et pulpeux. Ses jambes musclées supportaient des hanches creuses que je rêvai de tenir contre moi. Je ne répondis pas à sa question, elle jouait un double jeu, et se foutait de moi. Je lui dis alors :
- Tu aimes vraiment ce rock gluant chargé de névroses d'énergie malhabile ?
- Ça dépend de mon humeur…

Sa réponse ne contenait que du vent. Plutôt parler pour ne rien dire, je lui dis en partant :
- Tu as beaucoup trop de classe et d'élégance pour l'instant, moi je pars écrire cette scène, bonne soirée ?

Against machine

Rien d'autre à foutre. Glisser jusqu'à la Joconde, et ne surtout pas oublier le cadre. Courir même. Le Louvre est fermé le mardi. Ah, les professionnels ; le dédale labyrinthique pro, j'aurai dû songer « Histoire de l'art », ainsi il y aurait eu moins de monde dans le musée, les scolaires, les conservateurs, les agents de nettoyages occupés à dépoussiérer les fauteuils octogonaux du centre des pièces. Rien que cette visite, représente à elle seule, un livre complet. Avec en featuring une femme éblouissante à la classe voisine de Ranya de Jordanie, sans photo. Une nouvelle, un roman, un récit, un essai, un manifeste politique, mes mémoires, du polar, du journalisme sportif, un recueil fantastique de conte, des histoires drôles ? Mais, cette fois, j'offre à mes parents la joie d'écrire à ma place. Indépendant. Souvent mon père gueule lorsqu'il aperçoit ma dégaine portant une planche. Il a raison. Ce n'est pas sérieux, mettre son intégrité physique en danger, aller chercher une vision de l'environnement que d'autres délaissent, c'est dangereux. Personnellement, je suppose souvent que l'on cherche, en lisant mes écrit, à comprendre ce qu'est, être un rideur. Pas très compliqué : Agir avec bon sens, suivre son instinct dans la recherche du plaisir par le biais de la glisse. Et même, cette conscience du danger ne peut que nous apporter une mentalité hautement avertie de la fragilité de la vie, l'importance de prendre soin de ses proches, respecter n'importe quel inconnu au-delà des incompréhensions. Prendre soin de notre monde, est encore plus évident à mes yeux, un geste simple comme jeter ces déchets au bon endroit. Conclusion facile, certes. Car notre monde est fragile, mais je n'ai aucun mérite à vous le rappeler ici, parce déjà, je repars skater.

Play boy bone

La plage atlantique d'une grande ville balnéaire du sud ouest de la France offrait à mes fantasmes le soleil et le monoï d'une fin de session de surf. J'avais rencontré cet américain avec qui nous eûmes la conversation suivante, quelque soit le langage. A moins que ce ne soit lui qui m'ait rencontré :
- Cette maigre liberté de croire que l'on peut influencer notre destin avec des holys… That's the american dream ! Hein, c'est ça la prononciation ? C'est vraiment un putain de piège. Mais pourquoi est-ce qu'on va tous tenter le diable ? C'est pas ça l'américan Dream. T'y vas comme un seul homme, confiant, bon puceau la bite au vent, tu prends un peu d'aisance et bam. Des urgences. Et pour couronner le tout, tu n'es pas en équipe sur un stade, avec des soigneurs, t'es comme un clochard au coin d'une rue et tu traînes par terre, en hurlant de douleur.
J'éclatai de rire en prononçant ce constat larmoyant. De l'Américain, je devinais un passé flamboyant dont il ne retenait que la souffrance. Dans ses yeux, sur ses tatouages, je lisais toute la force de sa témérité. En guise de réponse, il me montra du doigt des gars essayant de prendre la vague du casino de la grande plage.

- Regarde-moi cette loterie, si tu en vois un sortir des vagues, ça va être exceptionnel. A croire qu'il n'y a que des tocards aujourd'hui.
- Oui, on les remarques souvent, ceux qui se brûlent les ailes à force de ne pas voler.
- Oh, et puis la médecine fait des miracles de nos jours, alors on n'en a rien à foutre.
- Ouais, la vie est vraiment belle.

Au loin, sur le pic de la grande plage, les vagues se formaient régulièrement sous un soleil de fin d'après-midi d'automne. Le barrel tenait cinq à sept secondes. Assis sur le muret des fondations du grand casino, les pieds aux dessus du sable, le flux ininterrompu des badauds déambulant sur la bande sableuse grisait notre conversation. J'avouai alors, simplement en revenant à ce qui m'intéressait le plus :
- Bon, en toute confidence, je dois te dire franchement, je pige vraiment rien à ce que tu veux me dire au sujet des holys…

To be continued…

Sommaire

Pow, swell, switch

Beach break

So far away
rules meaning

mindless chin

Real to reel

Don't stop the party from traveling

Free your mind

Followers agency

Honest to god

End of the world

Two love too hate

Mode freestyle

Numeric world
Future addict

Shy degree

Slippery when wet

Point of view

French burger

Homo extremus

Skateboarding is not a crime

Slowly to hell

Spirit of extasy

Fast featuring

Top story

Send me the wind

Fifteen bucks

Keep on believe

Wasting speech

Darkness appeal

Big air

Street rush

Bitch sister

Offspring

Freaky team

Porn emergency

Surfer digest

Upside down

Home cooking

Event contest Championship

Light without heat

Bounce it

Painfull road

Talking heads

French kiss

New York Jam

Fly me to the moon

Lonely crew

Expensive live

Surgery skills

The appointement

In your world

Life is now

Luke Skywalker is a liar

Sun blast

Gone with the wind

Fuck you all

Forever young

Nightmare on wax

Fast lane

Long drink

Adrenaline shot

Heaven in this hell

Campbell taste

Spiritualized

Shooting Smile

Pumpin' it up

Hitch hike without any precise direction

Sunset trip

Hold wise

Master mind

The big aerial

Sweet stance

Against machine

Play boy bone

Biographie de l'auteur

Vincent Boucard pratique toujours la glisse, quelque part, quelques instants… Il s'est investit en ski, roller, skate, puis surf, pour se laisser dévorer par cette passion ultra moderne qu'il retranscrit aujourd'hui dans cet ouvrage, mais aussi dans « une glisse libre » recueil de poésie ou l'action et la pensée ne font qu'un. Fils de paysan, ayant grandi dans une ferme, il retrouve dans l'action de free-ride la liberté d'entreprendre du monde agricole, toujours en lien avec le climat, comme une cohérence humaniste de notre environnement, sa littérature est faite de rencontres et de choix…

© 2025 Vincent Boucard
Édition : BoD · Books on Demand,
31 avenue Saint-Rémy, 57600 Forbach,
bod@bod.fr
Impression : Libri Plureos GmbH,
Friedensallee 273, 22763 Hamburg
(Allemagne)
ISBN : 978-2-3225-5909-1
Dépôt légal : Mars 2025

<u>Les livres du même auteur disponibles sont :</u>

Une glisse libre

Rollerskate buissonniers

Sport extrême et effondrement

Feel Date

Love 4 Life

Mon skate n'en est pas un